Werken voor de vijand

Dit boek is mede tot stand gekomen door een subsidie van het ministerie
van VWS, Eenheid Oorlogsgetroffenen en Herinnering WO II.
Vergeten oorlog is een project van de Schrijvers van de Ronde Tafel in
samenwerking met Stichting Cubiss en Uitgeverij Leopold.
De Schrijvers van de Ronde Tafel worden ondersteund door de Stichting
Jaap ter Haar.

Uitgeverij Leopold drukt haar boeken op papier met het FSC-keurmerk.
Zo helpen we waardevolle oerbossen te behouden.

Duitsland

Brandenburg

Berlijn

Osnabrück

Hannover

Dessau

Paderborn

Düsseldorf

Leipzig

Wuppertal

Plettenberg

Erfurt

Weimar

Köln (Keulen)

Gießen

Fulda

Frankfurt

Mainz

Rüsselsheim

Würzburg

Heidelberg

Nürnberg

Stuttgart

Regensburg

Passau

Ulm

Burgrieden

München

Füssen

Project Vergeten Oorlog
Dit boek maakt deel uit van het project *Vergeten Oorlog*. In het kader van dit project zullen zes jeugdboeken verschijnen. De boeken gaan allemaal over onderwerpen waaraan tot nu toe weinig of geen aandacht is besteed in jeugdboeken: het bombardement van Rotterdam en Middelburg; Sinti en Roma; dwangarbeid; kinderen van 'foute' ouders; en de Tweede Wereldoorlog in Suriname. De verhalen uit het zesde boek, de bundel *Vergeten oorlog*, spelen zich af in landen waar nieuwe Nederlanders vandaan komen: Kroatië, Rusland, Marokko, Nederlands-Indië, Ethiopië, Suriname, China, Polen, Aruba en Irak.

www.vergetenoorlog.nl
www.leopold.nl

Als symbool voor het project Vergeten Oorlog dient de koffer, het voorwerp waarmee miljoenen tijdens de oorlog onderweg waren, naar de kampen en op de vlucht.

Arend van Dam

Werken voor de vijand

Leopold / Amsterdam

Ab en Janny

1. Jori

Op een vrij willekeurig moment – het was een vrijdagavond, maar het had net zo goed een zaterdagochtend of een maandagmiddag kunnen zijn – belde ik mijn opa op en vroeg: 'Opa, wat deed jij toen het oorlog was?'

'Niet veel bijzonders,' antwoordde opa. 'Ik moest naar Duitsland.'

Eerlijk gezegd viel dat antwoord me een beetje tegen. Op de een of andere manier had ik liever gehad dat opa in het verzet was geweest, ondergedoken had gezeten, gevangen was genomen en op spectaculaire wijze was ontsnapt. Naar mijn idee zijn het de slechteriken die oorlog voeren. De goeden zorgen ervoor dat het allemaal weer goed afloopt. Mijn opa hoorde toch wel bij de goeden?

'Dus je werkte voor de vijand?' vroeg ik, om opa uit zijn tent te lokken.

'Ja,' zei opa. 'Ik werkte voor de vijand. En ik was heus niet de enige. Alles bij elkaar waren er in de Tweede Wereldoorlog meer dan vijfhonderdduizend dwangarbeiders. Na de bevrijding zijn bijna al die vijfhonderdduizend mensen weer teruggekeerd en aan het werk gegaan. Niemand was erg geïnteresseerd in onze verhalen. De echte oorlog was in Nederland geweest. En die was gelukkig voorbij.'

'En wat vind jij, opa?'

'Dat vind ik ook,' zei opa. 'Voorbij is voorbij.'

Daar moest ik het mee doen.

Een week later bracht de postbode een pakje. Toen ik het pakpapier had losgetrokken, kwam er een bouwdoos van een vrachtwagentje tevoorschijn. Het was een Opel Blitz.

In het bijgevoegde briefje schreef opa: 'Dit is de vrachtwagen waarop ik twee jaar lang door Duitsland heb gereden.'

'Moet je opa niet even bellen om hem te bedanken?' vroeg mijn moeder.

Ik heb opa gebeld. 'Bedankt, opa,' zei ik. 'Je hebt zeker altijd al vrachtwagenchauffeur willen worden.'

'Ja,' zei opa. 'Al van jongs af aan.'

Ik ben al een poosje bezig om de Opel Blitz in elkaar te zetten. Langzamerhand kom ik meer te weten over het leven van mijn opa. Het begint lang voor het begin van de oorlog.

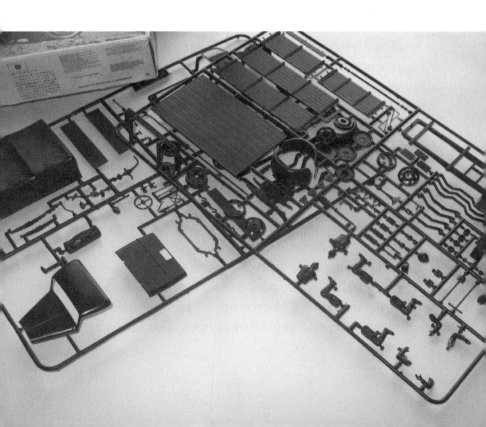

1. Albert

Op een dag denderde Albert met veel kabaal de trap af, gooide met een zwaai de voordeur van het bovenhuis aan de Marnixkade in Maassluis open en rende de straat op, de Schans af, de brug over, de dijk op, langs het huisje van olieboer Van der Knaap, op weg naar de Boonervliet waar hij in zijn zeilbootje stapte en het zeil hees met de vaste bedoeling nooit meer terug naar huis te gaan. Hij was buiten zinnen van woede. Hoe waagde zijn vader het om verliefd te worden op de Duitse huishoudster? Waarom keek niemand om naar Piet? En waarom werd Janny door de Duitse zo gepest? Waarom mocht Herman op de vrachtwagen en moest hij - Albert - nagels verhitten bij De Haas? Als niets kon gaan op zijn manier, dan ging hij voortaan gewoon zijn eigen gang. Via het Bommeer kon hij alle kanten op. Linksaf naar Schipluiden of rechtsaf naar Vlaardingen. Een wereld van vlieten en vaarten lag voor hem open.

Misschien had hij beter, bedacht hij nu, in de Boonervliet de sluis in kunnen varen waardoor hij op de Waterweg terecht was gekomen. Dat was gevaarlijk, maar hij was niet bang. Jaren geleden had hij al eens het ruime sop gekozen in een oude teil. De Havendienst had hem voor de mond van de haven van het water gehaald, anders had hij zonder angst koers naar Rozenburg gezet.

Met een ruk aan de grootschoot en het roer probeerde hij te voorkomen dat zijn zeilbootje vastraakte in het riet. Te laat, de kiel schuurde al over de grond. Met veel moeite wist hij van lagerwal weg te komen. Besluiteloos zeilde hij twee keer het Bommeer rond. Voorbij Schipluiden verdween de zon achter de horizon. Het werd snel donker. En daarmee bekoelde ook Alberts woede. Na een derde rondje op het meer zette hij koers naar de Zuidvliet. Er zat niets anders op dan met hangende pootjes naar huis te gaan.

Vanuit de verte zag hij zijn broer Herman al op de steiger staan.

'Kom je?' riep Herman. 'We gaan zo eten.'

Herman hielp met het vastleggen van de boot aan de steiger.

'Het was niet zo slim van je om Toni met een paraplu op haar kop te rammen,' zei Herman terwijl ze naar huis liepen.

'Ze heeft er zelf om gevraagd,' zei Albert. 'Janny is de hele dag de klos. Het kind kan niks goed doen. En naar Piet wordt niet omgekeken.'

'Piet is gek.'

Her had gelijk, Piet was gek. Meestal hing hun oudere broer lang onderuit, kauwde stukken krantenpapier tot natte proppen en spuugde die tegen het plafond. Boven zijn hoofd ontstond een wonderlijk berglandschap.

'Net Duitsland,' had Albert een keer gekscherend gezegd. Maar die grap kon de nieuwe vriendin van hun vader niet waarderen.

'Piet moet naar een inrichting,' ging Herman verder. 'Ma is niet voor niets om hem weggegaan.'

Twee nieuwe moeders had de familie Van Dam sinds haar vertrek versleten. Het eerste probeersel was op niets uitgelopen.

Toen kwam de huishoudster die de hele dag niets anders deed dan breien. Ze breide hemden, borstrokken, onderbroeken, sokken, sjaals. Aan warmte geen gebrek. Maar verder deed ze niets. Pa had haar weggestuurd en ingeruild voor de Duitse die hij volgens Her ergens uit een kroeg in Rotterdam had weggeplukt. Volgens Nel was Toni Duitsland ontvlucht op zoek naar werk en geluk.

8

Toen de twee jongens thuiskwamen, zette ze net de pannen op tafel.

Albert zag hoe ze met afschuw toekeek hoe alle vorken de aardappels en bloemkool tot één prak vermaalden. Dat deden de mensen in Duitsland kennelijk niet.

Over de paraplu en over het weglopen werd niet gesproken. Annie maakte Janny aan het lachen. Nel deed haar best te voorkomen dat Piet bloemkoolprak tegen het plafond spuugde.

'Morgen komen mijn twee broers op bezoek, en ook mijn zus uit Rotterdam,' zei Toni. 'Straks bak ik appeltaart. Wil jij me helpen, Janny?'

'Toe maar,' mompelde Albert. 'Het wordt een hele Duitse invasie.'

Gelukkig hoorde niemand hem. Het toverwoord *appeltaart* deed wonderen.

'Ja, lekker, appeltaart,' juichte Janny.

Piet gooide beide armen in de lucht en brulde: 'Appeltaart!' Prakslierten vlogen uit zijn mond. Albert kreeg de volle laag en gebruikte het tafellaken om zijn gezicht af te vegen.

'Albert!'

'Ja, pa?'

'Laat dat.'

'Maar Piet...'

'Piet doet niets en als hij wat doet, kan hij er niets aan doen.'

'Maar...'

'Nog één woord en je gaat naar zolder.'

'Ik deed niks.'

'Naar je kamer. Of liever: ga de konijnen maar eten geven. Op het aanrecht in de keuken ligt het groen van de bloemkool.'

Met een verongelijkt gezicht slenterde Albert naar de keuken. Met de bloemkoolstronk daalde hij de trap af, naar de garage onder het huis. Daar stonden de twee vrachtwagens. Achterin stond het paard in zijn box. Behoedzaam wrong hij zich langs het paard om bij de konijnenhokken te komen. Het zou niet de eerste keer zijn dat het valse beest hem een trap verkocht. Voor het hok verdeelde hij de stronk in stukken. Eén, twee, drie, vier... Hij miste een konijn. Dat kon maar één ding betekenen: morgen konijn op het menu voor de Duitse gasten. Waarom vroeg niemand hem ooit iets? Het waren toch zijn konijnen?

Een paar dagen later werd broer Piet door ziekenbroeders opgehaald.

'Hij gaat naar een inrichting in Den Dolder,' zei zijn vader. 'We kunnen hem hier niet handhaven. Hij krijgt het daar vast beter dan hier.'

Vanaf die dag probeerde Albert zich naar het leven te voegen. Natuurlijk kon van Toni niet worden verwacht dat ze een moeder voor hem was. Natuurlijk kon hij van zijn vader niet verwachten dat hij als tweede zoon ook een kans kreeg in het transportbedrijf. En wat de broers en zussen betreft: Piet en Janny moesten hun eigen boontjes maar doppen.

Toch probeerde hij zijn vader nog een keer te vermurwen hem naar school te laten gaan. Maar hij koos het verkeerde moment. Had hij geweten dat zijn vader net thuiskwam van een bezoekje aan Café de Moriaan, dan had hij zijn mond gehouden.

'Pa, zou ik toch niet naar de ambachtsschool mogen?'

'Jongen, hoe kom je daar nou ineens weer bij? Ze hebben daar geen plek. Dat weet je toch?'

'Als ik geen vrachtwagenchauffeur kan worden, wil ik graag een vak leren.'

'Een vak leer je het best in de praktijk. Wees nou maar blij dat je bij De Haas terechtkan. Die lui hebben altijd werk. Alle vissers laten hun loggers verlengen. De werf biedt je een goede toekomst. Je houdt toch van varen?'

Alberts vader wist het weer zo te brengen dat er niets tegen in te brengen was. Erger: hij praatte met een vrolijkheid die geen tegenspraak dulde.

En dus voor Albert geen Ambachtsschool, maar werken als jongste hulpje op de scheepswerf om de hoek.

Veertig passen vanaf de voordeur van het huis, en Albert stond voor de poort. Op de helling lag een vissersboot. Eerst moest het vaartuig in twee helften worden verdeeld. Vervolgens werden er nieuwe platen ijzer vastgeklonken. De huid van het schip was geklinknageld. De oude klinknagels moest Albert los bikken. De nieuwe klinknagels moest hij in het vuur verhitten.

Eigenlijk maakte het Albert niet veel uit wat hij te doen kreeg, want het een was net zo gevaarlijk als het ander. Het vasthouden van de beiteltang was pijnlijk. Met de laatste klap waarmee de klinknagel aan flarden werd geslagen, sloeg meestal ook de tang uit Alberts handen. Soms kwam hij met blauwe, gekneusde handen thuis. Als nagelheter overkwam het hem meer dan eens dat hij de hete nagel tegen zich aankreeg. 'Hé, Albert, vangen!'

'Het is daar heus niet zo leuk als jullie denken,' mopperde Albert een keer aan tafel. 'Als dat zo doorgaat, stap ik naar het kantoor en ga mijn beklag doen.'

'Als je het maar uit je hoofd laat,' zei vader Arend dreigend.

'Hoezo? Het is toch niet eerlijk dat ik...'

Broer Her onderbrak hem. 'De Haas is een belangrijke klant voor ons. Zolang we gasflessen leveren aan de scheepswerf hou jij je mond.'

Albert begreep het. Voortaan zweeg hij over zijn werk.

De enigen aan wie hij zijn verhaal de eerstvolgende zondag kwijt kon, waren zijn vrienden Geert Weltevreden en zijn neef Jan de Vries. Geert moest in zijn vrije tijd hard werken op de tuinderij van zijn vader.

'Waarom ga je er niet weg?' vroeg Jan.

'Dat kun je gemakkelijk zeggen, vriend,' zei Albert. Jan had geen recht van spreken, die zat op de Ambachtsschool waar Albert zo graag naartoe had gewild.

Zoals altijd op zondag maakten de jongens een wandelingetje naar Het Hoofd, net als alle andere Maassluizers. Ze keken naar het aan- en afmeren van de veerpont. Albert droomde van verre reizen. Later zou hij vrachtwagenchauffeur worden en veel van de wereld zien.

'Wat doen we vanmiddag?' vroeg hij aan zijn vrienden. Er stond een lekker windje. Prima zeilweer.

'Ik ga naar de kerk,' zei Geert.

'Ik ook,' zei Jan.

'Alweer?' vroeg Albert die het maar zonde vond om zoveel zondag op te offeren aan kerkbezoek. Uiteindelijk kreeg hij er geen spijt van dat hij zich door zijn vrienden liet overhalen. Schuin voor hem in de kerk zat het mooiste meisje van de wereld. Het was of hij haar voor het eerst goed zag: Marie van der Knaap, de dochter van de olieboer op de Zuiddijk.

'Gaan jullie niet naar de kerk?' vroeg Albert de zondag daarop.

'Alweer?' vroeg Geert gekscherend.

Jan en Geert lieten verstek gaan, maar Albert deed zijn zondagse goed aan en wandelde naar de Noorderkerk. Vanuit de deuropening liet hij zijn ogen over de ruggen van de mensen glijden. Marie was er niet. Maar wel haar vriendin Sjaan. Snel schoof hij in de bank naast Sjaan. Het moest raar lopen wilde Marie niet alsnog komen en naast Sjaan willen zitten.

12

Maar Marie van der Knaap kwam niet. 'Ze is ziek,' zei Sjaan toen hij voorzichtig naar haar informeerde.

Albert besloot het over een andere boeg te gooien. Marie zat op koor. Op een donderdagavond wachtte hij haar op.

'Zullen we wandelen?' vroeg hij verlegen.

Ze keek verbaasd naar hem op. Maar toen hij zich in beweging zette, volgde ze hem. Het gesprek wilde niet erg vlotten. Albert vertelde over het transportbedrijf en zelfs over zijn nieuwe moeder.

Terug op de Zuiddijk kostte het Albert moeite om zijn ingestudeerde slotzin uit te spreken: 'Mag ik volgende week weer op je wachten?'

Weer die verbaasde blik. 'Ik dacht dat je wat met Sjaan had,' zei ze.

'Hoe kom je daar nou bij.'

'Nou, dat begreep ik, van Sjaan.'

Hij schudde heftig zijn hoofd. Nu kwam het eropaan om haar duidelijk te maken dat hij haar wilde. Alleen haar. Maar voor hij die alles verhelderende zin kon bedenken mompelde Marie: 'Ik heb geen tijd voor verkering, want mijn zus gaat trouwen.'

Dat was het. Kennelijk moest hij uit dat antwoord begrijpen hoe die dingen gaan: als er iemand gaat trouwen is er geen tijd voor eigen gevoelens.

Een paar maanden later kwam er een briefje van de Ambachtsschool. Er was plaats. Albert nam het briefje mee naar de werf, stapte het kantoor binnen en zei tegen zijn baas: 'Vanaf volgende week kom ik niet meer. Ik ga naar school.'

'Hoe kom je daar nou bij, Ab?' klonk het verbaasd. 'Daar leer je toch helemaal niks. Jij blijft gewoon hier. Wat zegt je vader ervan?'

Albert moest het antwoord schuldig blijven. Hij had het

nog niet aangedurfd om zijn vader over het briefje te vertellen.

Nog geen uur later werd hij zo hard met een moker op zijn handen geslagen dat hij zijn moed opnieuw bijeenraapte en op de deur van het kantoortje klopte.

'Binnen!'

Albert stapte naar binnen, met zijn beurse handen voor zich uit. 'Ik vertik het om nog langer hetzelfde werk te doen.'

'Hoe bedoel je?'

'Wanneer kom ik eens een treedje hogerop? U zegt dat ik hier iets kan leren, maar ik leer helemaal niks. Alleen dat het zeer doet als er op je handen wordt geslagen.'

'Wat dacht je, Van Dam? Dat er hier een plekje voor je was op het kantoor? Als het je hier niet zint, kun je gaan. En zeg maar tegen je vader dat hij geen zuurstof en gas meer hoeft te leveren. Voor brutale apen hebben we hier geen plaats.'

Boos liep Albert het kantoortje uit. Hij liep rechtstreeks naar het kleedhok, trok zijn overall uit en verliet de werf met het vaste voornemen hier nooit meer terug te komen. Maar hoe kon hij ooit zijn vader nog onder ogen komen? Voorlopig was het beter te wachten met naar huis gaan tot de werkdag was afgelopen.

Thuis stonden de pannen al op tafel.

'Waar is Her?' vroeg Albert.

'Die eet in de keuken,' antwoordde zijn vader. 'En dat blijft zo tot hij het fatsoen heeft om je nieuwe moeder met "mama" aan te spreken.'

Albert begon zijn spruiten tot moes te prakken.

'Smaakt het?' wilde de Duitse weten.

Albert knikte en perste er een gemompeld 'Ja, mama' uit.

'Alles goed bij De Haas?' informeerde vader.

Albert keek op van zijn prak.

'Ik hoor dat je mot hebt met je baas.'

'Ik ga niet meer terug,' zei Albert plompverloren. Ter illustratie legde hij zijn kapotte handen op tafel.

'Gelijk heb je.'

'Wat zegt u?'

'Je hebt groot gelijk. De Haas moet niet denken dat ze je daar eeuwig als jongste hulpje kunnen uitbuiten. Je bent hun slaaf niet.'

'En de gasflessen dan, vader?'

'Die paar gasflessen minder kosten ons heus de kop niet.'

'Vader, mag ik dan...?'

'Je komt gewoon in de zaak, Ab. Als bijrijder. Kom, eet je bord leeg.'

Zo kreeg Albert zijn aanstelling als bijrijder bij transportbedrijf Van Dam.

Toen begon de oorlog.

2. Jori

Dit is mijn stamboom:
Mijn opa heet Albert.
De vader van mijn opa heette Arend.
De opa van mijn opa heette Johannes.
De vader van de opa van mijn opa heette Arend.
De oma van de opa van mijn opa heette Baaltje Komtebedde.
Ben ik blij dat ik zo niet heet!

Af en toe werk ik een poosje aan het model. Dat valt nog niet mee. Soms begrijp ik de bouwinstructies niet zo goed. In vijf talen wordt er uitgelegd wat je moet doen. Maar de Nederlandse vertaling is niet zo goed gelukt. Ik ben begonnen met de cabine. Dan staat er in de instructies: 'De ruiten aanbregen nadat het voertuig geschilderd is. Lijm de ruiten tegen de daarvoor bestemde stenvlakjes in de hoeken van de spoonningen.'

Wat zijn dat: stenvlakjes? Spoonningen?

Ik belde opa. Maar hij wist het ook niet.

Hij had wel een goede tip. Hij zei: 'Als je gaat schilderen... mijn Opel Blitz was grijs. Helemaal grijs. Met een kap van zeil over de laadbak.'

'Bedankt, opa,' zei ik. 'Want dat wilde ik ook graag weten, of het een open of een gesloten laadbak moest worden.'

Ik zei ook nog: 'Opa, als ik het goed begrepen heb, bent u naar Duitsland gegaan toen de oorlog begon.'

'Nee,' zei hij. 'Ik heb er alles aan gedaan om ervoor te zorgen dat ik thuis kon blijven.'

'Goed, opa,' zei ik. Alsof het aan mij is om te beoordelen of mijn opa wel deugde toen hij jong was.

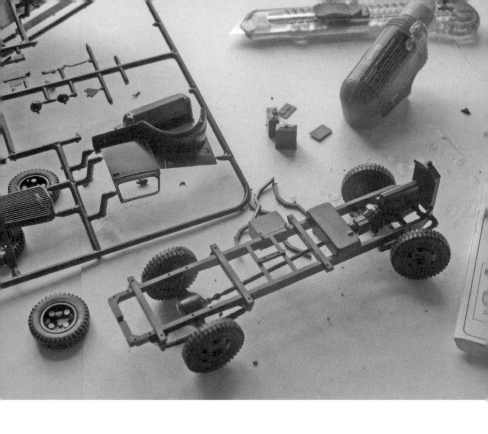

2. Albert

Dat het wel eens oorlog kon worden, hoorde Albert van Herman. Die was soldaat. Het Nederlandse leger was in opperste paraatheid gebracht. Herman was ergens in Naaldwijk gelegerd. Hij sliep in een school en kwam af en toe thuis met spannende verhalen. Albert was daar niet erg van onder de indruk. Herman kon moeilijk verhullen dat ze eigenlijk bar weinig uitvoerden. Behalve dan dat Herman het voor elkaar had gekregen dat hij het allermodernste wapentuig mocht besturen: een tank. De bofkont! Herman was voor niemand bang.

'Ach,' zei hij. 'Polen en Oostenrijk zijn verre landen. De Duitsers zullen het heus wel uit hun kop laten om ons land binnen te vallen.'

'Waarom moeten wij dan elke avond zwart papier voor de ramen plakken?' vroeg Albert.

Herman wist het antwoord. 'Dat is om te voorkomen dat de Duitsers al te gemakkelijk de weg naar Engeland vinden. Dat is namelijk hun uiteindelijke doel. Ze hebben nog een appeltje te schillen met de Engelsen.'

'Ja, ja,' zei Albert. Natuurlijk had meester De Snoo op de lagere school wel verteld over de Grote Oorlog. Meester had plaatjes laten zien van soldaten in loopgraven, kanonnen met reusachtige lopen, steden in puin. Albert kon zich er geen voorstelling van maken. Ook niet toen het nieuws kwam dat Denemarken en Noorwegen door de Duitsers waren bezet. Zelfs niet toen op een nacht het luchtruim boven Maassluis werd gevuld door vliegtuigen.

Albert liet zich uit bed glijden en klom op de stoel om uit het zolderraampje te kijken. Donkere vlekken verplaatsten zich in westelijke richting. Herman kreeg gelijk, dat konden niet anders dan Duitse vliegtuigen zijn die op weg waren naar Engeland.

Terug naar bed maar weer. Starend in het donker luisterde hij naar het wegstervende gebrom. Maar juist toen hij de slaap weer begon te vatten, kwam het geluid terug. Nu zwelde het niet aan vanuit het oosten, maar vanuit het westen! De vliegtuigen kwamen terug! In de verte klonken harde knallen. Schoten de Duitsers op Hollandse doelen? Of werden de Duitse vliegtuigen zelf beschoten, misschien wel door zijn eigen broer Her die ergens in de buurt van Naaldwijk met zijn gecamoufleerde tank de vijand te slim af was?

Van slapen kwam niets meer. Albert sloop de trap af om in de keuken op zoek te gaan naar iets te eten. Tot zijn verbazing trof hij er zijn stiefmoeder aan. Haar ogen waren roodomrand. Handenwringend stond ze bij het aanrecht en mompelde: 'Het is zover, de Duitsers komen. Wat moeten we beginnen?'

Op de een of andere manier bevreemdde Albert de reactie van de Duitse. Het waren tenslotte haar landgenoten die het land binnenvielen.

De radio verdreef elke twijfel. Koningin Wilhelmina zelf bracht het nieuws dat de vijand op laffe wijze het land was binnengedrongen. In het Westland waren duizenden parachutisten geland.

Albert rende de trap af, de straat op. Toen zag hij het met eigen ogen. Een grote formatie Duitse vliegtuigen vloog laag over. In een sliert erachteraan: tientallen rondwentelende witte vlekjes. Bungelden daar soldaten aan? Wat was hun doel? Wat moesten ze in Maassluis? Een haven met vissersboten. Een scheepswerf. Een gereformeerde kerk. Een paar vlieten, vaarten en een klein meer. Kwamen ze net als zijn nieuwe moeder op de Nederlandse welvaart af?

In de daaropvolgende dagen was er in Maassluis zelf weinig van de oorlogshandelingen te merken. Maar de straat bracht wel verhalen over de Grebbeberg, over het neerhalen van vliegtuigen en over parachutisten die zich verzamelden in het Staelduinse bos.

'Het zijn er honderden,' wist neef Jan.

'Wat doen ze daar dan?' wilde Albert weten.

Maar dat wist Jan niet.

'Ken je Siem Qualm?' vroeg Geert.

'Hij rijdt op een melkwagen,' zei Albert.

'Ja, die. Ze hebben hem onder bedreiging zijn vrachtwagen afgenomen. Daarna werd hij samen met een paar anderen in een café gevangengezet. Later werden ze door een groep parachutisten meegenomen naar Schipluiden.'

'Wat moesten ze daar dan doen?'

'Ze werden gebruikt als dekking. Dat snap je toch wel? Niemand durft op de vijand te schieten als ze een paar Nederlanders voor zich uit drijven.'

'En waar is Siem Qualm nu?'

'Hij kwam 's avonds op zijn blote voeten naar huis gelopen.'

Dus dat was oorlog.

'Hoor je dat?' vroeg Geert.

Ze luisterden. In de verte klonken doffe klappen.

Een paar dagen later kwam er een eind aan het gevecht.

Samen met zijn vriend Geert en neef Jan ging Albert in Rotterdam kijken. De stad lag in puin. Er marcheerden Duitse soldaten door de stad.

Terug in Maassluis hoorden ze dat de Duitsers zich daar ook hadden gevestigd: in het stadhuis op de Noorddijk, in het politiebureau op de Markt en in de roze villa op de Haven. Maar het meest opvallend waren de zeven Duitse marineschepen in de havenkom. Die lagen pal bij Albert voor de deur.

Herman kwam terug met wilde verhalen. 'Niet te geloven, man, ik heb een paar dagen lang heen en weer geragd op de weg tussen Rotterdam en Delft. We hebben zeker twintig van die moffenvliegtuigen uit de lucht gehaald.'

'Mooi,' zei Albert. 'Maar we hebben wel verloren.'

Herman ging daar niet op in. Alsof dat maar een onbelangrijk detail was. 'Moet je nagaan, man, mijn commandant heeft gezegd dat ik een lintje moet krijgen. Hij zegt dat ik de enige chauffeur ben die met een gang van negentig kilometer per uur achteruit kan rijden in een tank. Achteruit, begrijp je? Achteruit!'

Oorlog of geen oorlog, het leven ging door.

Voor Albert was de eerste schok de aankondiging dat het voor iedereen in het kustgebied verboden was om een boot in bezit te hebben.

'Wat moet ik nu doen?' vroeg Albert onder het eten.

'Vluchten, Appie,' grapte Herman. 'Want dat is waar die lui bang voor zijn, hè, mama?'

Albert keek naar zijn vader. 'Ik zou maar proberen hem te verkopen.'

Albert verkocht het bootje aan twee mannen uit Ermelo. De vraag: wat moet iemand op de Veluwe met een zeilboot, brandde Albert op de lippen, maar hij stelde hem niet. De verkoop leverde 250 gulden op. Heel wat meer dan de 50 gulden die het bootje had gekost. Albert bracht het geld naar de spaarbank.

'Voor later,' zei hij tegen zijn vader terwijl hij aan de onbereikbare Marie van der Knaap dacht.

Toeval of niet, de volgende dag vertelde zijn stiefmoeder onder het eten: 'Ik ben vandaag toch zo geweldig geholpen door dat meisje van de olieboer. Ze is echt een geweldige naaister.'

'Wat deed ze hier dan?' vroeg Albert verbaasd.

'Ik had nog een oude jas waar vast nog een prima kinderjas van te maken is. Janny loopt erbij als een voddenbaal. Ik had gehoord van...'

Albert liet haar de zin niet afmaken. 'Dus Marie van der Knaap was hier in huis?' Hij keek vol ongeloof de kamer rond.

'Ja,' zei Toni. 'En volgende week komt ze weer.'

Het speet Albert dat hij Marie niet te zien kreeg. Toch putte hij moed uit het feit dat ze bij hen over de vloer kwam. Zijn kansen waren nog niet verkeken. Dat ze een goede naaister was, verklaarde een hoop. Daarom had ze het natuurlijk zo druk met de trouwerij van haar zus, ze moest de trouwjurk naaien. En misschien wel alle jurken voor de bruidsmeisjes.

Een maand later kwam Albert in aanvaring met een Duitse militair. Hij was met Geert en Jan op weg naar het Hoofd toen hij op de Wip een bekende tegenkwam. Het was Loes Versteeg, een meisje dat hij kende van school. Ze liep stijf gearmd met een Duitser.

Albert hield zijn vrienden staande. 'Jongens, kijk nou eens.'

'Doorlopen, Ab,' zei Jan.

'Dat kan toch zomaar niet? Iemand moet haar waarschuwen.'

'Niet mee bemoeien.'

Geert probeerde hem mee te trekken. Maar Albert kon het niet laten. 'Moffenhoer!' schreeuwde hij achterom.

Loes maakte zich klein en verschool zich achter haar kersverse vriend. De militair nam Albert koel op, berekende kennelijk de tegenstand en besloot toen hem achterna te komen. De drie jongens stoven uit elkaar. Albert rende tegen de steile Wip op, schoot de dijk over, naar beneden in de richting van de Taanstraat. Achter zich hoorde hij Loes roepen: 'Heinrich, Heinrich!'

Hij schoot de Zure Vischsteeg in. Hier kende hij de weg. Zoals altijd stond de achterdeur van de meelfabriek open. Hij vluchtte naar binnen en verstopte zich tussen de meelbalen. In de steeg hoorde hij het wegstervende geluid van soldatenlaarzen op de keitjes.

'Dat was niet erg slim van je,' zei Jan toen ze elkaar in de Fenecoliuslaan weer troffen.

'Ik kon het niet laten,' zei Albert terwijl hij het meel van zijn kleren sloeg. 'Zonde van zo'n leuke meid als Loes.'

'Appie heeft een oogje op haar,' zei Jan lachend. 'Zijn meisje is hem afgepakt door de vijand.'

'Heus niet,' zei Albert stuurs. Hij was niet van plan te vertellen dat hij al een veel leuker meisje op het oog had: Marie van de olieboer op de Zuiddijk.

'Zien jullie dat? Er is iets gaande op het Hoofd,' zei Geert. Hij wees op een oploopje in de verte.

'Misschien is er iets met de pont,' zei Albert. 'Het is hoogwater.'

Op een sukkeldrafje holden ze naar de kop van de haven. Maar met de veerboot was niets aan de hand, die voer net weg van de hoogste veerstoep. Het bleek een Duitse patrouilleboot die de aandacht van de toeschouwers had getrokken. Het vaartuig probeerde de havenmond binnen te varen, wat tot hilariteit van het toegestroomde volk niet erg wilde lukken.

'Die stommerds kunnen niet eens sturen,' schamperde Geert. 'Iedere zeeman begrijpt dat je nooit een haven moet binnenvaren als je de stroom mee hebt, dan knal je geheid tegen de kade op.' Hij was nog niet uitgesproken of zijn voorspelling kwam uit. Met een doffe dreun voer het patrouillevaartuig tegen de kade. Een luid gejuich steeg op. Een van de bemanningsleden van het schip haalde dreigend het geweer van zijn schouder en richtte op het publiek. In een paar seconden had iedereen zich op de grond laten vallen of was uit het zicht verdwenen. Gefrustreerd loste de marinier een paar schoten in de lucht.

De drie jongens keken toe vanachter een van de muurtjes die de veerstoepen van elkaar scheidden.

'Ik ga naar Duitsland,' zei Jan plompverloren.

'Hoe kom je daar nou bij?' vroeg Albert.

'Er is daar meer werk dan hier. Je kunt er nu eenmaal niet omheen dat we voorlopig bij Duitsland horen, dan kun je net zo goed daarheen gaan om geld te verdienen.'

'Wat zeggen je ouders daarvan?' vroeg Geert.

'Die zijn blij met het extra geld. Bovendien hebben ze een mond minder te voeden.'

'Toch vind ik het ergens een beetje laf,' hield Geert vol.

Jan haalde zijn schouders op. Toen zei hij: 'Jongens, hou je zelf niet zo voor de gek. De hele koninklijke familie en de regering zijn naar Engeland gevlucht. We moeten er nu zelf iets van zien te maken. Die Duitsers zijn heus niet zo slecht voor het land. Ze brengen welvaart. Waarom zouden we daar niet van meeprofiteren?'

Albert schudde zijn hoofd. 'Je bent een verrader. Geen haar op mijn hoofd denkt eraan om voor de vijand te gaan werken. Jij?' Hij keek Geert vragend aan.

'Och,' zei Geert. 'We praten het nog wel uit zijn hoofd.'

Met een blik op de torenklok zei Albert: 'Ik ga naar huis. Bijna acht uur, ik heb geen zin om voor de Duitse vlag in de houding te springen.'

Hij begon in de richting van zijn huis aan de Marnixkade te lopen. Of zijn vrienden hem volgden, wist hij niet zeker. Wat kon het hem eigenlijk schelen. Jan zou hij niet meer aankijken nu hij had besloten naar Duitsland te gaan.

Toen klonk plotseling het bekende fluitsignaal. Weer keek Albert naar de klok in de toren van de Grote Kerk. Vijf voor acht. Wie had er gefloten? Het was nog helemaal geen acht uur. Toch sprongen de Duitse matrozen in de houding en begonnen de vlaggen van hun schepen te strijken.

'In de houding!' schreeuwde een Duitse officier naar de mensen op de kade.

'Het is nog helemaal geen acht uur,' riep iemand vanaf de kade terug.

De man keek op zijn horloge. Toen keek hij naar de matrozen met de opgevouwen vlaggen. Onverstaanbaar beet hij hun zijn orders toe. In een paar tellen waren de vlaggen opgeborgen en sprongen de mariniers op de kant om op zoek te gaan naar de grappenmakers.

Albert maakte dat hij uit de voeten kwam. Hij hoopte dat ook zijn vrienden kans zagen om weg te komen.

Pas de volgende dag bleek dat het fluitgrapje verregaande gevolgen had. Dertien jongens waren opgepakt en op transport gezet naar Duitsland. De Maassluise burgemeester was ontslagen en vervangen door een Duitser. De gemeente kreeg een boete van honderdduizend gulden. En alle Maassluizers moesten een maand lang voor straf binnenblijven van acht uur 's avonds tot vier uur 's morgens.

'We hebben geluk gehad,' zei Jan een paar dagen later. 'Het had maar een haar gescheeld of we waren ook opgepakt.'

'Ik dacht dat jij zo graag naar Duitsland wilde?' zei Geert.

'Wacht maar af,' sprak Jan geheimzinnig.

Ze stonden op de markt voor een aanplakbord. Zwijgend bestudeerden ze het affiche met de tekst:

Arbeid voor allen
door werk in Duitsland
* Hooge lonen
* Kameraadschap
* Goede verzorging
Meldt u aan bij het gewestelijk arbeidsbureau

'Kijk,' zei Jan, 'het lijkt mij verstandig om niet te lang te wachten. Nu zijn de Duitsers nog bereid om een goed loon te betalen. Als we wat verder zijn, gaan ze gewoon mensen aanwijzen. Dan wordt het verplicht, en dan krijg je geen cent.'
'Hoe kom je daar nou bij?' vroeg Albert. 'Heb je een glazen bol waarmee je de toekomst kunt voorspellen? Wat een onzin. Toch, Geert?'
Geert krabde zich onder zijn pet. 'Ik weet het niet, hoor. Misschien heeft Jan wel een punt.'

Die zondag luisterden de drie jongens in de Noorderkerk verbaasd naar de preek van dominee Derksen. Vanaf de preekstoel waarschuwde de dominee: 'Mensen, ga niet in op alle mooie voorstellen van onze bezetters. Wie in Duitsland gaat werken, dient niet het landsbelang. Wij moeten ons hiertegen verzetten.'
Albert knoopte de woorden van de dominee goed in zijn oren. Stiekem keek hij om zich heen of Marie van der Knaap in de kerk zat. Hij vond haar niet. Maar evengoed was zij een reden om in Maassluis te blijven.

Een paar weken later was Jan vertrokken. Hij had werk gevonden bij de Junkers fabrieken. Daar werden vliegtuigen gebouwd. Oorlogstuig.
'Jan is gek,' zei Albert.
'Wacht maar af,' zei Geert. 'Hij komt wel terug.'

Maar dat Jan nog helemaal niet zo gek was, bleek al snel. In de kranten verschenen berichten dat de arbeidsdienst in Duitsland verplicht gesteld zou worden.
Albert dacht aan de woorden van dominee Derksen. Hij zou zich verzetten. En als het echt niet anders kon, zou de dominee hem wel helpen. Desnoods zou hij onderduiken.

In dezelfde krant stond nog een bericht: alle fietsen moesten worden ingeleverd.

'Maar hoe kan ik nou zonder fiets?' vroeg Albert aan zijn vader.

'Help me liever even met de Ford,' was het antwoord. 'Ik heb gehoord dat alle vrachtwagens ook worden gevorderd.' Albert keek werkeloos toe hoe zijn broer Herman de aandrijfas onder de vrachtwagen vandaan sloopte. Toen begreep hij het pas. Zijn vader maakte de wagen liever onklaar dan hem in te leveren bij de vijand. Albert hielp door aan een kant van de Ford de wielen eraf te halen, waarna ze de krik lieten zakken en de vrachtwagen er geknakt bij lag.

'En wat moet ik nou met mijn fiets?' vroeg Albert weer.

'Dan vraag je toch gewoon om vrijstelling?' stelde Herman voor. 'Dat moet geen probleem zijn. We hebben de fiets nodig voor de zaak, als transportmiddel.'

Albert wilde naar buiten lopen, maar zijn vader hield hem tegen.

'Wacht eens, Ab. Loop straks, op de terugweg, even langs schipper Dijkshoorn. Hij heeft een jerrycan met olie voor me klaarstaan.'

De vrijstelling was een dag later al voor elkaar. Maar toen Albert ermee thuiskwam, was de fiets verdwenen.

'Verkocht,' bekende Herman. 'Ik kwam geld tekort. Jij bulkt van de centen. Toch, broertje? Met al dat geld van je zeilbootje loopt je spaarpot over.'

'Waar is vader?' schreeuwde Albert.

'Hij is meegenomen door de politie,' zei Herman droog. 'Hij zal zo wel terugkomen.'

Maar hun vader kwam niet terug.

Albert liep naar het politiebureau op de Markt. De deur stond open. Hij liep naar binnen en klopte op het loket. Dat werd met een harde ruk opengeschoven. Achter het loket kwam een bekend gezicht tevoorschijn. Het was Heinrich, de meidengek. Albert deed alles wat mogelijk was om niet herkend te worden.

Dat was niet veel, behalve: niet verblikken of verblozen, maar gewoon vragen: 'Ik heb gehoord dat mijn vader is meegenomen naar het bureau. Kan ik hem misschien spreken? Of kunt u vertellen wanneer hij weer naar huis komt?'

'Naam?'

'Van Dam. Arend,' antwoordde hij met tegenzin. Nu wist de Duitser ook zíjn naam.

Heinrich deed alsof hij in papieren snuffelde. Toen keek hij Albert doordringend aan en zei: 'Er zijn vanmiddag een paar zwendelaars opgepakt. Als je vader daarbij zit, zie je hem voorlopig niet terug. Verder kan ik niets voor je doen. Wegwezen!'

Pas de volgende dag kwamen de verhalen op gang. Albert hoefde er maar de straat voor op te gaan om te horen wat er was gebeurd.

'Heb je het gehoord? Dijkshoorn, de schipper, is opgepakt. Hij is er lelijk bij.'

'Wat heeft hij nou helemaal gedaan? Hij heeft olie gekocht van een Duitse marineman en dat met winst aan een paar mensen doorverkocht.'

'Aan wie dan?'

'In ieder geval aan Van Dam. Dijkshoorn zelf heeft hem verlinkt.'

Niemand kon zeggen wat er met de schuldigen ging gebeuren.

Ook dat nieuws bracht de straat.

'Dijkshoorn is op transport gesteld naar Duitsland. Die komt voorlopig niet meer terug.'

'En Van Dam?'

'Geen idee.'

'Die Duitse marineman heeft een eind aan zijn leven gemaakt door vijfhoog uit een raam te springen. Kennelijk was die man als de dood voor zijn superieuren.'

'Wie zet er nou zijn leven op het spel voor een beetje olie?'

'Ik hoor net dat Van Dam is overgeplaatst naar de gevangenis in Scheveningen.'

Albert liep naar huis om het nieuws aan zijn familie te brengen.

Zijn stiefmoeder schreeuwde het uit: 'Mijn man! Wat moet ik zonder mijn man!'

Janny zette het op een huilen.

'Hij komt wel weer terug,' zei Herman.

Daar geloofden ze allemaal heilig in. Maar ze hadden geen idee wanneer dat was.

Wie wel plotseling weer voor Alberts neus stond, was neef Jan.

'Wat doe jij hier?'

'Ik heb verlof,' zei Jan.

'Hoe lang?'

'Een week. Maar ik ben niet van plan weer terug te gaan. Het is er verschrikkelijk. Ik heb spijt als haren op mijn hoofd dat ik gegaan ben.'

'En, wat ga je nu doen?'

'Ik ga proberen eronderuit te komen.'

'Kom op, Jan, vertel wat je van plan bent,' zei Albert. 'Er worden steeds meer jongens naar Duitsland gestuurd. Nu verplicht. Ik wil ook weten hoe je daaronderuit kan komen.'

'Mijn moeder is naar de dokter geweest,' biechtte Jan op. 'Ze heeft gezegd dat ze niet zonder mij kan. Dat ze regelmatig zenuwinstortingen heeft omdat ze nu voor zichzelf moet zorgen.'

'Wat een onzin!' riep Albert uit. 'Je moeder is helemaal niet zenuwziek.'

Jan haalde zijn schouders op. Het was duidelijk dat hij spijt had van zijn openhartigheid.

'Als het maar helpt om daar weg te blijven,' mompelde hij. 'Ze laten je keihard werken.'

Vijf maanden later werd de vrijwillige arbeidsdienst verplicht gesteld. Iedereen die in Nederland gemist kon worden, werd per trein naar Duitsland gebracht.

Terwijl het Jan lukte om voorlopig thuis te blijven, moest Geert naar Duitsland. Albert zwaaide hem uit op het station.

'Jouw tijd komt nog wel, Appie,' zei Geert.

'Ik ga niet,' zei Albert.

Toen hij thuiskwam, trof hij zijn vader voor de deur. Vijf lange maanden had hij doorgebracht in de Scheveningse gevangenis die als bijnaam het Oranjehotel gekregen had.

'Gelukkig, jullie zijn er allemaal nog,' zei Alberts vader.

'Niet voor lang,' zei Herman. 'Alle jongens van mijn leeftijd worden opgepakt.'

'Maar ik kan jullie toch helemaal niet missen in de zaak?'

'Voor de Duitsers telt dat niet,' wist Herman. 'Alleen als je je onmisbaar weet te maken, bijvoorbeeld in de voedselsector, kun je de dans ontspringen. Ik ga morgen solliciteren bij oliefabriek De Ploeg.'

'En jij?' vroeg vader aan Albert.

Alberts enige antwoord op die vraag was een stil zwijgen.

Nog diezelfde avond belde Albert aan bij het huis van dominee Derksen.

'Ik wil u iets vragen,' zei hij.

Binnen vertelde hij de dominee wat hem bezighield: 'Ik ben bang dat ik ook naar Duitsland word gestuurd. Maar ik wil helemaal niet voor de vijand werken. Heeft u niet een adres voor me waar ik kan onderduiken?'

'Een onderduikadres? Nee, jongen, daar kan ik je niet mee helpen.'

Teleurgesteld ging Albert naar huis. Op de preekstoel had de dominee de mond vol gehad over verzet tegen de bezetter. Zo moeilijk moest het toch niet zijn om een plek te vinden waar hij voorlopig veilig was?

Terwijl zijn broer Herman de volgende dag op gesprek ging bij de directeur van De Ploeg, werd Albert door zijn vader op pad gestuurd met de handwagen.

'Toch geen illegale handel?' vroeg hij voor de zekerheid.

'Nee, ik kijk wel uit,' was het antwoord. 'Zo leuk was het niet in het Oranjehotel. Hoewel ik er bijzondere mensen heb ontmoet, echte helden die alles in het werk stellen om de Duitsers hier weg te krijgen.'

Albert begreep dat laatste niet zo goed. In zijn ogen was zijn eigen vader ook een echte held.

Aan de Govert van Wijnkade lag een schip met stenen dat gelost moest worden. Albert liep er met de kar naartoe. Het sjouwen van de stenen was zwaar werk. En de volgeladen handwagen was nauwelijks vooruit te krijgen. Gelukkig schoot iemand hem te hulp.

Ze raakten aan de praat. Hoewel ze tussen het zwoegen door maar korte zinnen konden uitwisselen, ging het al snel over belangrijke dingen.

'Moet je niet naar Duitsland?'

'Ik hoop het niet. Het schijnt dat je er hard moet werken.'

'Dat moet je hier ook.'

'Ik werk liever voor mezelf dan voor...' Albert slikte het laatste woord in. In deze dagen kon je lang niet iedereen vertrouwen.

'Dus je denkt aan onderduiken?'

'Dat heb ik niet gezegd.'

Ze namen even de tijd om uit te rusten. Handen in de zij.

Uitkijkend over de haven. De zon scheen. Het leven in Maassluis was zo slecht nog niet. Er liepen een paar gehelmde Duitsers voorbij. Albert voelde zich bekeken. Het kon niet lang meer duren of hij was aan de beurt.

Toen de soldaten weg waren, liet hij zich tegen de stenensjouwer ontvallen: 'Alles beter dan naar Duitsland.'

'Wat je zegt.'

'Wist ik maar hoe ik dat moest aanpakken.'

'Misschien kan ik je helpen...'

Ze duwden voor de laatste keer de volgeladen kar naar het kantoor in aanbouw.

'Hoe?'

'Ik weet wel een adresje. In Den Haag zit een organisatie die mensen zoals jij aan een nieuwe toekomst helpen.'

Even aarzelde Albert. Toen stelde hij zijn laatste vraag: 'Waar dan?'

De man rechtte zijn rug, veegde met een zakdoek het zweet van zijn voorhoofd en zei: 'Beloof me dat je hier met niemand over praat.'

'Dat beloof ik.'

'Op de Laan van Meerdervoort staat een witte villa. Stap uit bij halte Loosduinen. Ga de grote bruine voordeur binnen. Vraag aan het loket of ze je aan een nieuwe toekomst kunnen helpen.'

Hij begreep het. Die nieuwe toekomst was een soort wachtwoord. Hij prentte het adres in zijn hoofd. Als het nodig was, zou hij er gebruik van maken.

'Bedankt.'

'Geen dank.'

Met de lege kar liep Albert terug in de richting van de Govert van Wijnkade. Op de hoek botste hij bijna tegen twee Duitse soldaten op.

'Hé, daar hebben we Herr von Dam,' zei de een. Het was

Heinrich. 'Wat doe jij hier? Ik dacht dat jij al lang in Duitsland zat. Misschien kan ik je helpen? Ik ben je nog iets schuldig, geloof ik.'

'Nee, dank je,' zei Albert gehaast. Hij probeerde langs de twee mannen te komen. Hij wilde zo snel mogelijk de garage in en de twee deuren achter zich dichtgooien.

Maar voor hij die kans kreeg, zei Heinrich: 'Niet zo snel, lui varken. Ik wil wel eens zien wat een jongen met zo'n grote mond in Duitsland weet te presteren. Binnenkort ligt er een oproep op de deurmat.'

Toen Albert eindelijk de handkar naar binnen had gereden en de garagedeuren achter zich had dichtgeslagen, bleef hij trillend staan.

'Albert, ben jij het?'

Zijn vader stond bij de werkbank met de rug naar hem toe.

'Ik moet naar Duitsland,' zei hij tegen de schouders.

'Je moet niks. Als ik jou was, zou ik er een poosje vandoor gaan. Ik red me wel. Zo heel lang zal die rotoorlog toch niet duren? Er komen steeds vaker vliegtuigen uit Engeland om de Duitse stellingen te bestoken. Op een dag krijgen de geallieerden die rotmoffen er wel onder.'

De volgende ochtend stond Albert vroeg op en nam de bus naar Den Haag. Hij stapte uit bij halte Loosduinen en keek om zich heen. De behulpzame man in de haven had gelijk gehad: de witte villa was niet te missen. Met een kloppend hart beklom Albert de zes granieten treden die naar de voordeur leidden. Hij trok aan de koperen deurbel. Alsof er al op zijn komst werd gewacht, zwaaide de deur meteen open.

'Wat kan ik voor je doen?' vroeg de man in de deuropening.

'Kan ik me hier aanmelden?' vroeg hij aarzelend. Het leek hem niet verstandig bij de voordeur zijn hele verhaal te doen.

'Ja, kom binnen.'

Hij stapte achter de man aan de hal van het kantoorgebouw binnen. Overal klonk het geratel van typemachines. Er was iets aan de sfeer in het pand dat hem deed huiveren. Maar nu hij eenmaal binnen was, moest hij zijn vraag afmaken.

'Ik heb gehoord dat u voor onderduikadressen zorgt. Weet u, ik moet naar Duitsland...'

Er verscheen een brede lach op het gezicht van de man. Hij liep een kamer in en riep met luide stem: 'Jongens, wat denken jullie, hebben we nog een leuk onderduikadresje voor deze knaap?'

Vanuit de kamer klonk gelach.

De man keerde zich weer naar Albert. 'Van wie heb je die informatie?'

'Ik kom uit Maassluis. Iemand vertelde me dat er hier wordt gewerkt aan een nieuwe toekomst.'

Zijn ontboezeming ontlokte een daverende lach aan de kantoorlui.

Albert voelde zich voor schut staan. Wat ging er mis?

Een voor een kwamen de mannen naar hem kijken.

'Je bent een dappere knul, hoor,' zei een oudere man die een bruin uniform droeg.

Toen begon Albert nattigheid te voelen. Was hij per ongeluk in een verkeerd gebouw terechtgekomen?

'Naam?' vroeg de man die voor hem had opengedaan.

Hij noemde zijn naam.

'Adres, geboortedatum.' De toon veranderde.

Hij besefte te laat dat hij een vals adres had kunnen opgeven.

'Ga zitten.'

Hij liet zich op een houten bank zakken die in de hal stond.

De man liep naar een telefoon en voerde een kort gesprek. Het ging over hem. Hij moest wel naar de hatelijke stem luisteren die met een paar woorden zijn toekomst verknalde.

'Ja, een heel vriendelijke jongen uit Maassluis.'

En tegen Albert: 'Heeft je vader een transportbedrijfje?'

Albert knikte.

'Ja, Heinrich, dat klopt. Jullie kennen hem? ... Wat? ... Ja, goed, dat zal ik hem zeggen.'

Albert wist genoeg. De stenensjouwer had hem erin geluisd. Hij zat in een kantoor van de landverraders.

De NSB'er legde de telefoon neer, keek hem aan en zei: 'Leuk geprobeerd, Albert van Dam, maar nu even serieus. Je staat op de lijst. Morgen of overmorgen krijg je een oproep in de bus. Je pakt je koffer en je stapt in Rotterdam op de trein naar Duitsland. Mocht je nog denken dat er een manier is om eronderuit te komen, bedenk dan wel dat ze in Maassluis je vader kennen. Van mijn vriend Heinrich heb ik zojuist begrepen wat de gevolgen zijn als je wegblijft. Dan verdwijnt je vader net zolang achter de tralies tot jij komt opdagen. Begrepen?'

Hij begreep het. Met het schaamrood op de kaken droop hij af.

Thuis haalde hij een koffer van zolder en begon zijn spullen in te pakken.

'Wat ga je doen?' Toni stond in de deuropening.

'Ik moet gaan,' antwoordde hij. 'Ze blijven met hun poten van pa af.'

'Kom, ik zal je helpen.' Ze hielp hem met het verzamelen van zijn kleren: sokken, onderbroeken en overhemden.

'Wacht,' zei ze en ze verdween de trap af naar de keuken.

Toen Albert zijn koffer naar beneden zeulde, riep Toni hem de keuken in. Ze wees naar de keukentafel waarop een ontbijtkoek naast een pot stroop lag. Er lagen ook drie stapeltjes: handdoeken, theedoeken en zakdoeken.

Alberts vader stopte acht briefjes van tien gulden in zijn zak.

Toen was Albert klaar om te gaan.

3. Jori

Dus toen moest mijn opa naar Duitsland. Nou ja, ik bedoel, toen moest de jongen die later mijn opa zou worden zijn land verlaten om in het land van de vijand te gaan werken.

Ik ben bang dat ik het model van de auto aan het verprutsen ben. Volgens de gebruiksaanwijzing moeten de deuren open en dicht kunnen. Maar ze zitten muurvast.

Het zou handig zijn als opa weer eens kwam logeren, dan kon hij me helpen met het afbouwen van de Opel Blitz.

Toen ik hem opbelde zei hij: 'Als je niet zo ver weg woonde, zou ik elke week even op de koffie kunnen komen.'

'Als...' zei ik.

'Ja, als,' zei opa.

Ik woon in Drenthe. Mijn opa is zijn hele leven in Maassluis blijven wonen. Met de auto is het drieënhalf uur rijden.

Daarom zei ik: 'Opa, nu ik je toch spreek, hoe kwam je nou eigenlijk precies in Duitsland terecht?'

'Met de trein. Elke dag vertrokken er treinen vol dwangarbeiders naar Duitsland.'

'En hoe kwam je op een vrachtwagen terecht?'

Want ik begrijp ook wel dat lang niet iedereen de kans kreeg om op een vrachtwagen te rijden, zoals mijn opa. De meeste mensen werkten in fabrieken. Daar namen ze de plaatsen in van mensen die naar het front waren gestuurd. Misschien moesten ze wel het werk overnemen van Duitsers die nu als soldaat in Nederland werkten. Zoals die Heinrich, die Duitser over wie mijn opa had verteld.

3. Albert

Alberts vader bracht hem naar het Maasstation in Rotterdam. De grote houten koffer schoof heen en weer in de laadbak van de enige overgebleven vrachtwagen van transportbedrijf Van Dam.

Even dacht hij erover om zijn vader op de Zuiddijk te laten stoppen. Maar hij wist niet goed wat hij tegen Marie van der Knaap moest zeggen als ze opendeed. Misschien zou ze onverschillig haar smalle schouders ophalen en zeggen: 'Nou, Ab, het beste, daar in Duitsland.' Hoe had hij uit zo'n gebaar en zo'n opmerking moeten concluderen dat ze hem aardig vond, dat ze op hem zou wachten.

Zo vertrok hij uit Maassluis, zonder afscheid te nemen.

Een half uur later kwamen ze aan in Rotterdam. De stad lag nog altijd in puin. Niet het rommelige, stoffige puin van net na het bombardement, maar netjes opgeruimd puin alsof de mensen zich erbij neerlegden dat de stad er vanaf nu altijd zo uit zou zien.

'Ik probeer je er wel uit te kletsen,' zei Alberts vader toen ze het station binnenliepen. Hij voerde een heftige discussie met iemand achter een tafel. Albert keek ondertussen naar de tientallen andere jongens die op het perron afscheid namen van hun familie. Er heerste een vreemde, bijna vrolijke sfeer. Alsof de jongens naar Duitsland gingen voor een vakantiereisje.

De onderhandelingen van zijn vader leidden tot niets. 'U kunt kiezen: uw zoon naar Duitsland of u naar Scheveningen,' klonk het bits.

Hij ontkwam er niet aan, hij moest mee naar Duitsland.

Tussen de wachtende jongens, het waren er misschien wel

honderden, zag hij bekende gezichten. Gezichten van Maaslanders, van Rozenburgers. Een enkele Maassluizer, zoals Cor Snip, de zoon van de lorrenboer.

Hij zag ook bedrukte gezichten. 'Als je eenmaal in de trein zit, is er geen ontsnappen meer aan,' ving hij op. En: 'Kijk eens om je heen, overal geweren.' En inderdaad, overal stonden geüniformeerde Duitsers met hun wapens in de aanslag.

Eenmaal onderweg kwamen de verhalen los. Een heleboel jongens zeiden dat ze niet van plan waren om in Duitsland ook maar één poot uit te steken. Sterker nog: een aantal van hen wist al precies waar ze uit de rijdende trein zouden springen. Of anders, waar ze tijdens een tussenstop stiekem de benen zouden nemen.

Er werd gekaart en gelachen. De laatste moffenmoppen werden uitgewisseld. Albert deed er niet aan mee.

Af en toe stond de trein stil. Maar de deuren bleven dicht en niemand waagde een poging om weg te komen. Pas in Keulen stopte de trein en mochten ze een luchtje scheppen op het perron. Het was Albert al snel duidelijk dat er van ontsnappen geen sprake kon zijn. Overal stonden gewapende soldaten met strak aangelijnde Duitse herders.

Toen het vertreksein werd gegeven, kwamen alle jongens braaf terug de trein in. Een paar banken verderop haalden sommige jongens gierend van de lach kleine pakketjes uit hun broekzakken.

'Kijk,' riepen ze, bulderend van het lachen, 'kapotjes!'

De ballonnetjes werden opgeblazen en als feestelijke versiering uit de ramen van de trein gehangen.

Albert hield zich afzijdig. Hij schaamde zich voor zijn medepassagiers. Maar misschien nog wel het meest omdat hij langzaam begon te begrijpen waar de rubberen voorwerpen normaal voor werden gebruikt. Hij kon zich niet voorstellen dat hij ooit met Marie iets zou doen wat volgens dominee

Derksen pas mocht als je netjes was getrouwd.

In Frankfurt stopte de trein opnieuw. De jolige jongens kregen ongenadig op hun kop. Ze werden uit de trein gehaald en afgevoerd naar het stationsgebouw.

Iemand kwam langs om de papieren te controleren. Tegen Albert en enkele anderen zei hij: 'Aussteigen. Rüsselsheim. Melden Haupteingang Opelwerke.' Hij wees hen naar de trein aan de andere kant van het perron.

Albert pakte zijn koffer, stapte uit de trein en stak het perron over. Een paar jongens kwamen achter hem aan. 'Wat zei die vent nou?' wilden ze weten.

'Hij zei dat we hier moeten overstappen. In Rüsselsheim moeten we ons melden bij de portier van de Opelfabriek,' antwoordde Albert. Dankzij zijn stiefmoeder had hij niet veel moeite met de Duitse taal.

Terwijl ze in de gereedstaande trein stapten klonk uit het stationsgebouw nog steeds geschreeuw. 'Dreckige Schweinhunden!'

Cor Snip keek Albert vragend aan. Hij haalde zijn schouders op en zei: 'Iets met varkens en honden.'

Een half uur later kwamen ze aan op de plaats van bestemming. Ze stapten op het perron, zetten hun koffers naast zich op de grond en keken om zich heen. Ze keken uit over een vriendelijk plein. Links rees de imposante gevel van de Opelfabriek op. Recht voor hen stond een hotel. Rechts het postkantoor.

'Ziet er niet slecht uit,' zei Cor Snip, op de fabriek wijzend.

Ze pakten hun koffers op en staken het plein over. Geen van hen dacht kennelijk nog aan vluchten. De Duitsers hadden overal ogen en oren.

Naast het hokje van de portier wachtten ze op instructies. Na een uur werden ze opgehaald. Hun gids ging hun voor over het fabrieksterrein. Overal fabriekshallen en opslagplaatsen. Overal liepen arbeiders en reden vrachtwagens. Allemaal Opels.

Ze liepen door een poort en kwamen achter het fabrieksterrein uit. Voor hen strekte zich een omheinde grasvlakte uit waarop in een lange rij houten barakken stonden.

Albert werd samen met zijn reisgenoten ingedeeld in barak 17. Ze kregen een deken, een bord en een kroes. En verder moesten ze het maar uitzoeken. Hun gastheer draaide zich om om weg te gaan.

'Krijgen we nog wat te eten?' vroeg Albert.

Uit het antwoord maakte hij op dat de kantine de volgende dag om zes uur openging. Om zeven uur begon het werk. Hij ging op het bovenste bed van een van de stapelbedden liggen en staarde naar het houten plafond en dacht aan thuis. Het was gek, het leek wel of er zelfs in Maassluis meer oorlog was dan hier. Duitsland lag er vriendelijk en onschuldig bij. Was dit het land dat in oorlog was met de rest van de wereld?

Die nacht droomde hij van zijn meest onbereikbare ideaal: hij woonde met zijn Marie in een villa aan de haven. Maar toen een vals lachende man stenen tegen de deur begon te gooien, schrok hij wakker.

'Aufstehen!'

Hij klauterde uit het bed en keek in het lachende gezicht van hun Duitse gastheer.

'Gut geschlafen, mein Jungen?'

Hij besloot geen antwoord te geven, daar leek de vraag niet voor bedoeld. Om zich heen kijkend trok hij zijn kleren recht.

'Je kunt je aan het eind van de barak wassen bij een kraantje,' zei een lange jongen met sluik haar. Hij stak een hand uit. 'Ik heet Aad, Aad van Rijn.'

'Je ontbijtje staat klaar in de eetzaal,' zei Cor Snip. 'Hoe wil je je eitje?'

Het kraantje had Albert snel gevonden. Iets te ontbijten was er niet, dat had Cor kennelijk als grap bedoeld.

Ze liepen in een rij naar de achteringang van de fabriek. In de kantine kregen ze tot Alberts opluchting een paar boterhammen met een klodder reuzel erop. Ze konden hun kom laten vol schenken met waterige koffie.

Voor ze het brood met de koffie hadden weggespoeld, beende hun gastheer naar hun tafel met uitgestoken wijsvinger. 'Du, du, du, du, mitkommen!'

Albert en de andere aangewezen jongens volgden de man naar een fabriekshal. Daar werden ze achtergelaten onder de hoede van een kale man met zwarte borstelige wenkbrauwen en een witte snor. Hij liet hun een voor een zien wat ze moesten doen. Albert werd aan een werkbank gezet waar hij met klinknagels een klepje aan een motorkap moest bevestigen. Klinknagels! Wie had dat kunnen bedenken? Voor wat voor auto's waren deze motorkappen? Hij kon het aan niemand vragen. De herrie om hem heen maakte elk gesprek onmogelijk.

Drijfnat van het zweet liepen ze nadat het schaftsignaal had geklonken naar de kantine.

'Best werk,' zei Cor Snip op de boterhammen met reuzel aanvallend. 'Maar wel een raar idee dat we hier de motorkappen maken van vliegtuigen.'

Het werk dat door Cor Snip 'best' genoemd werd, was voor Albert moeilijk vol te houden. De dagen waren lang. Het eten was karig. De fabriekskantine werd al snel tot verboden gebied verklaard voor 'Ausländer'. Ze kregen alleen 's morgens en 's avonds te eten in een barak die werd ingericht als eetzaal. De ploegendiensten liepen van maandag tot en met zaterdagochtend.

Op zondag gingen de andere jongens de stad in om het beetje geld dat ze kregen uit te geven.

Albert lag uitgeput op bed. Hij had het raam opengezet om zijn longen vol te kunnen zuigen met de frisse lucht die hij in de fabriek tekortkwam. De hitte en het lawaai in de montagehal waren ondraaglijk. Hij kreeg het er zo benauwd dat hij bijna geen energie overhield voor het werk.

Na een paar weken besloot hij zich te beklagen bij de man met de snor. Het antwoord kwam neer op: niet zeuren, gewoon doorwerken, iedereen heeft er last van.

'Stelletje beulen,' mompelde Albert.

'Wass?'

Gelukkig had Snor hem niet verstaan.

Alberts maten kwamen terug van hun zaterdagmiddaguitstapje met brieven en pakjes. 'Je moet naar het postkantoor gaan,' zeiden ze. 'Daar komt alle post aan.'

Tot Alberts verbazing was er voor hem ook post. Uit het bruine pakpapier waarop zijn naam geschreven stond – 'Albert van Dam, Post Restante Rüsselsheim, Duitsland' – kwam een schoenendoos gevuld met sokken, drop, koek en een beschimmeld halfje krentenbrood. In de brief die hij tussen de etenswaren vond, stonden weinig bijzonderheden. Maar het was een levensteken. Er werd aan hem gedacht. Hij nam zich voor om snel terug te schrijven. Zou hij het wagen om een brief te sturen naar Zuiddijk 32 in Maassluis?

Marie, ik maak het goed. Ik mis je, Albert.

Nee.

Hij las de naam op de schoenendoos: Voorbergs Schoenen. Siem Voorberg was de verloofde van Jo, de zus van Marie. Was dat een teken?

Drie maanden hield Albert het vol. Tot op een zaterdag de chef van de werkplaats hen bij zich riep en vertelde dat ze vanaf die zondag zeven dagen per week moesten werken.

'Dat doe ik niet,' zei Albert plompverloren.

'Bevel is bevel,' zei de chef.

Alle hoofden bogen. Maar Albert rechtte zijn rug en zei: 'Ik werk niet op zondag. Dan ga ik naar de kerk.'

Er werd niet naar hem geluisterd.

In de barak zei Cor Snip schertsend: 'Zo, dus Van Dam gaat op de dag des Heren naar de kerk? Dat willen we zien.'

De volgende dag gingen alle jongens aan het werk. Mopperend, maar ze gingen. Albert bleef alleen achter. Hij haalde een overhemd uit zijn koffer, deed zijn zwartleren jack aan en liep het hek uit. De portier groette hem alsof hij weet had van zijn doel: 'Grüss Gott.'

Na de dienst wandelde hij door het zonnige stadje. Bij een parkje stond hij stil en keek naar een innig verstrengeld stelletje. Hij voelde een steek van jaloezie. Maar toen hij besefte dat het ook een SS'er kon zijn die een Russisch meisje aan de haak had geslagen, liep hij terug naar het kamp.

'Je gaat een hele dikke sigaar krijgen,' was het eerste wat Cor Snip zei toen de jongens terugkwamen van hun werk.

'Hij bedoelt dat je morgenochtend vroeg op kantoor moet komen,' verduidelijkte Koos Koekoek, een lange slungel uit Broek in Waterland. 'Bij Ort.'

Ort! Albert wist maar al te goed dat je je flink in de nesten moest werken om bij de hoogste baas geroepen te worden.

'Je bent zeker achter de meiden aan geweest?' zei Koos Koekoek.

Het hoofd van de afdeling Buitenlandse Arbeiders keek hem doordringend aan en beet hem een paar woorden toe waaruit Albert moest begrijpen dat op werkweigering een flinke straf stond. Hij kreeg nog een laatste kans. Aan het werk, dus. Wegwezen!

Maar Albert bleef staan. 'Nee,' zei hij. 'Ik werk niet op zondag. Ik houd het trouwens helemaal niet uit in die benauwde werkplaats. Het is er heet en droog, ik krijg geen lucht. Ik wil ander werk.'

Ort keek hem aan. Albert las de verbazing in zijn ogen. Het hoofd was het niet gewend om tegengesproken te worden.

'Meneer solliciteert naar een nieuwe functie?' De vriendelijkheid in de stem was gespeeld.

'Is er niets buiten?' opperde Albert.

'Geen probleem, mijn beste...'

'Van Dam,' vulde Albert aan.

'Dan heb ik goed nieuws voor je.' De strakke mond vertoonde een gemeen lachje. 'Ik deel je in bij de schoonmaakploeg. Voor straf mag je vier weken lang wc's schoonmaken.'

'Dank u wel,' zei Albert.

'Wat zeg je?'

'Ik zei: dank u wel.'

'Je bedoelt dat je het niet erg vindt om samen met Russische krijgsgevangenen de stront van anderen op te ruimen?'

'Nee,' zei hij. 'Als ik toch voor jullie moet werken, maak ik net zo lief wc's schoon.'

Die dag trok Albert op met de in lompen gehulde krijgsgevangenen uit het Russische kamp. Er waren ook vrouwen bij. Hadden die zich tegen de Duitsers verzet? Hij verstond geen woord van wat ze zeiden, maar het schoonmaakwerk was nu ook weer niet zo moeilijk dat er woorden aan te pas moesten komen. De stank in de wc's was niet te harden zodat er veel water en schoonmaakmiddel aan te pas moest komen. Dat zijn nieuwe collega's hem als een vreemde behandelden, kon hij hen niet kwalijk nemen. Zelf voelde hij een lichte triomf. Op de een of andere manier was zijn laconieke opstelling een goed wapen gebleken in de strijd met de hoogste autoriteit. De straf die hij had gekregen was helemaal geen straf. Met een emmer en een dweil in de hand voelde hij zich honderd maal vrijer dan aan de werkbank in de montagehal.

De jongens in de barak vielen van verbazing van hun stoel toen ze hoorden wat Albert die dag was overkomen.

'Ik had al zo'n idee,' zei Cor Snip. 'Je stinkt een uur in de wind.'

Hij kreeg geen bijval. In de ogen van de anderen zag Albert geen afwijzing maar bewondering.

Zwijgend lepelden ze de waterige aardappelsoep naar binnen die de Duitse kokkin hun voorschotelde. Albert dacht aan de appeltaarten van zijn stiefmoeder.

'Met mij gaat het goed,' schreef Albert die avond naar huis. 'Ik hoop dat jullie het ook goed maken. Ik zit nu in de schoonmaakploeg. Dat is best te doen.'

Hij dacht na. Eigenlijk wilde hij schrijven: 'Zo heel erg lang zal die oorlog toch niet meer duren?' Maar van de andere jongens had hij begrepen dat hun post werd gecensureerd. Dan stonden er dikke zwarte strepen door. Of de post kwam nooit aan. Het was maar beter om je op de vlakte te houden.

De jongens die aan tafel waren blijven zitten om een potje te kaarten, zongen een Duits liedje.

Zum Abschied reich' ich dir die Hände.
Und sage leise, "auf Wiedersehn".
Ein schönes Märchen geht zu Ende.
Und war doch so schön.

Albert dacht aan het meisje van wie hij geen afscheid had kunnen nemen. Geen tot ziens. Zou het sprookje ooit een goede afloop krijgen?

Dat ene zinnetje: *Ein schönes Märchen geht zu Ende* zeurde dagenlang door zijn kop. Hij liep het ook te neuriën toen hij een paar weken later voor het kantoor Herr Ort en een andere man tegen het lijf liep.

'En, bevalt het buitenleven je een beetje?' vroeg Ort.

Albert knikte.

'Ik vertelde mijn collega Nauheimer zojuist dat ik er honderd procent van overtuigd was dat je met hangende pootjes terug zou gaan naar de montagehal. Maar kennelijk heb ik mij vergist. Ik blijf erbij dat een Ariër geen minderwaardig werk hoort te doen. Daar hebben we hier genoeg Untermenschen voor.'

Albert begreep niet wie de chef met ondermensen bedoelde en zei alleen: 'Als ik maar buiten ben.' Hij keek opzij naar de man naast Ort. Nauheimer was een kalende man met een brilletje dat hem iets vriendelijks gaf. Toen hij Albert een vraag stelde, klonk die ook verre van sarcastisch of vijandig.

'Wat deed je thuis?'

'Ik werkte bij mijn vader.'

'Wat doet je vader?'

'Hij heeft een transportbedrijfje.'

Nauheimer wees naar een grijs vrachtwagentje dat voor het kantoor geparkeerd stond. 'Kun je daarin rijden?'

Albert maakte een beweging die het midden hield tussen een knik en een schouderophaal wat zoveel wilde zeggen als: ja, dat zou ik waarschijnlijk wel kunnen.

47

'Laat maar eens zien dan,' zei de man.

Albert liep met de man mee naar de vrachtwagen. Ort verdween het kantoor in. Nauheimer ging op de bijrijdersstoel zitten zodat hem weinig anders overbleef dan achter het stuur plaats te nemen.

'Ik zit dringend om een goede chauffeur verlegen,' zei Nauheimer. 'Start de wagen maar.'

Plotseling begreep Albert dat hem hier een geweldige kans geboden werd. Als hij slaagde, lag Duitsland voor hem open. Als hij deze kans verknalde, zou hij nooit verder komen dan de stink-wc's. In die zekerheid draaide hij langzaam het sleuteltje om. Gezoem en gepruttel dat langzaam wegstierf. Bij de tweede poging drukte hij het gaspedaal voorzichtig in. Met veel kabaal sloeg de motor aan en bleef lopen.

Toen keek hij de man naast hem vragend aan.

'We rijden een rondje.'

Hij zocht de achteruit. Met wat geknars van tandwielen kwam het vrachtwagentje schokkend op gang. Zijn hart bonkte zo hard dat hij bang was dat Nauheimer het kon horen. Nu vooruit. Van de eerste naar de tweede versnelling. Langs de kantoren, de weg tussen de fabriekshallen, het buitenterrein en terug langs de werkplaats waar hij eerder had gewerkt. Terwijl hij aan het stuur draaide, voelde hij hoe zijn wangen langzaam rood werden. Hij wist zeker dat hij de boel verprutst had. Als hij de kans had gehad om te oefenen, had hij laten zien dat hij het echt wel kon. Hoe vaak had hij wel niet achter het stuur van zijn vaders wagens gezeten als broer Her hem stiekem liet rijden?

'Ik zal met Ort praten,' zei Nauheimer alleen maar toen hij de auto had teruggereden naar de parkeerplaats.

'Bedankt,' zei Albert en hij liep naar de plek waar hij zijn emmer en schoonmaakspullen had laten staan. Even keek hij achterom en zag achter het raam van het kantoor Ort en Nauheimer met elkaar praten. Ging het over hem?

Toen Albert de volgende dag naar zijn werk wilde gaan, werd hij door de portier bij het hek staande gehouden.

'Von Dam?' vroeg hij.

Albert knikte.

'Melden bij Nauheimer.'

'Nou, dat wordt weer een flinke sigaar van de baas, Appie,' zei Cor Snip. 'Onze vriend uit Maassluis gaat promotie maken.'

Albert zei niets, maar hij hoopte stiekem dat Cor gelijk zou krijgen.

Vanachter zijn bureau nam chef expeditie Nauheimer hem als een schoolmeester, over zijn brilletje loerend, op. 'Ik wil het met je proberen Fahrer Van Dam,' zei hij.

Alberts hart sloeg een paar slagen over.

'Morgenochtend vroeg vertrek je naar Brandenburg. Vanmiddag laden in de opslagloods.'

'Maar...' Albert twijfelde. Was dit wel het goede moment om te beginnen over zijn gebrek aan ervaring?

'Hier heb je bonkaarten,' ging Nauheimer verder. 'In de envelop zit geld, twintig Reichsmark. Van alle kosten die je onderweg maakt, wil ik schriftelijke bewijzen zien. Op de vrachtbrief staat het adres waar je moet zijn.'

'Dank u wel. Ik...'

'Loop straks eerst even langs de houtkelder. De jongen die daar rondloopt, Günther, lijkt wel gek, maar je zult zien dat dat nog wel meevalt. Hij leert je hoe je de generator moet stoken, want de benzine is op. Weet je de weg? Nee, natuurlijk niet. Kijk maar op die kaart daar.'

Terwijl Albert zich afvroeg hoe een motor van een auto op hout kon lopen, liep hij naar de wandkaart. Toen hij Rüsselsheim gevonden had – eindelijk wist hij waar hij zich precies in Duitsland bevond – liet hij zijn vinger langzaam naar boven gaan. Met zijn ogen tuurde hij de kaart af. Brandenburg lag honderden kilometers naar het noorden, vlak bij Berlijn. Hij probeerde een route uit te stippelen. Frankfurt. Fulda. Erfurt. Weimar. Leipzig. Dessau. Brandenburg. Hoe kon hij ooit de weg vinden? Hoe lang zou zo'n reis wel niet duren?

Of Nauheimer zijn gedachten kon lezen, klonk van achter het bureau: 'Je bent heen en terug zeker een dag of vijf op pad. Ik kan je geen kaart meegeven. Hier heb je papier en een potlood.'

Voor de kaart staand, schreef Albert alle namen op van de plaatsen die hij zou tegenkomen op zijn weg naar het andere eind van de wereld, Brandenburg. Dat was nog eens iets anders dan Maassluis, Maasland, Schipluiden, Delft en terug!

Toen zijn lijstje klaar was, groette hij zijn nieuwe chef en liep naar de reparatiewerkplaats waar hij vermoedde de Günther te ontmoeten die volgens Nauheimer niet gek, maar goed was.

De Opel waarin hij de vorige dag een rondje over het terrein had gereden, stond voor de werkplaats. Op het portier stonden twee grote, witte cijfers: 22.

'Ben jij de nieuwe chauffeur?' klonk het verbaasd.

Albert keek omhoog en kruiste de blik van een wonderlijk schepsel, een krullerige jongen waaraan op de een of andere manier alles scheef was: zijn hoofd, zijn mond, zijn schouders en zelfs zijn manier van bewegen.

'Ik heet Albert,' zei Albert. 'Ab van Dam.'

'Günther,' zei de jongen. 'Mijn vader heet ook Albert. Hij werkt in Holland. In Amersfoort.'

In gedachten zag Albert een lange gehelmde Duitser door de Amersfoortse straten marcheren.

'Hij werkt op kantoor,' ging de jongen verder. 'Daar helpt hij mensen aan werk. Misschien heeft hij jou ook wel geholpen.'

'Nou, dan wordt hij bedankt,' liet Albert zich ontvallen. Kennelijk hoorde de jongen de scherpe toon in zijn stem niet want hij zei volkomen serieus: 'Ik zal mijn vader over je vertellen als ik hem weer eens een brief schrijf. Hij zal het fijn vinden om te horen dat de Nederlanders die hij stuurt het goed maken.'

Albert wist niet wat hij moest zeggen. Toen zei Günther: 'Ik ben niet helemaal goed. Ik kan niet eens schrijven. Ik werk in de houtkelder. Dat heeft mijn vader geregeld, voor hij wegging.' De jongen molenwiekte met zijn armen en praatte of zijn tong te groot was voor zijn mond.

'Kun je me leren hoe je dat ding moet stoken?' Albert wees naar de ijzeren ketel achter de cabine van de Opel.

Günther knikte, keerde zich om en liep een trap af. Albert bleef staan.

'Waar blijf je?' klonk het van beneden.

Günther zat te midden van stapels houtblokken die op roosters lagen te drogen. Naast het hout lag een berg juten zakken.

'Hier, hou hem eens op.'

Albert hield de juten zak die hem werd voorgehouden op zodat Günther hem kon volgooien met hout.

'Waar moet je naartoe?'

'Brandenburg,' antwoordde Albert.

'Ik geef je acht zakken mee. Met één zak hout doe je ongeveer vijftig kilometer. Wat je tekortkomt, moet je onderweg maar kopen. Heb je geld gekregen?'

Albert knikte. De zak was vol. Albert pakte een lege zak. Hij keek hoe de jongen hijgend en zwetend de zak tot de rand toe met houtblokken vulde.

'Nu jij,' zei Albert.

De jongen keek hem vragend aan.

'Hou vast,' zei Albert en hij gaf hem een lege zak. Nu werkte Albert zich in het zweet. Ondertussen kletste Günther honderduit alsof hij blij was eindelijk een willig oor te vinden.

'Weet je dat Adam Opel a.g. eigenlijk een Amerikaans bedrijf is?' Het is eigendom van General Motors. Maar de Amerikaanse directeuren zijn allemaal naar huis gestuurd. Dus nu is het weer gewoon een Duits bedrijf. Weet je trouwens dat de naam Blitz is ontstaan uit een prijsvraag? Opel wilde graag een naam die modern en flitsend klinkt. Toen is het Opel Blitz geworden. En daarom staat op alle auto's zo'n bliksemschichtje. En weet je dat er van de Opel Blitz al tienduizenden zijn gemaakt? Er worden er heel veel gebruikt door het leger. Maar er is ook een brandweerversie. De wagen die jij krijgt, is een viertonner. Ik word later ook vrachtwagenchauffeur. Of moet je daarvoor leren lezen en schrijven?'

Albert wilde de jongen geruststellen en zei: 'Ik denk het niet.'

De acht zakken waren vol. Günther hielp hem de volle zakken naar de vrachtwagen te brengen.

'Nu zal ik je vertellen wat je moet doen,' zei Günther. Hij sloeg zijn handen over elkaar en begon de gebruiksaanwijzing van de generator voor te dragen alsof het om een recept uit een kookboek ging.

'Neem het deksel van de ketel.

Gooi onderin een laagje houtskool. Dat vind je in die papieren zak, daar.

Vul de ketel verder af met hout.

Maak het deksel weer dicht.

Nu werken we verder vanaf de grond.'

Terug op de grond gaf Günther hem een in benzine gedrenkte doek en wees hem op een klep.

'Open de klep, prop de doek tussen het houtskool en steek de boel aan met een lucifer.'

Albert volgde alle aanwijzingen nauwkeurig op.

Even later knetterde er een vrolijk vuur in de ketel. Maar nog altijd had Albert geen idee hoe een auto op hout kon lopen. Hij reikte met de rug van zijn hand naar de ketel om te voelen of die al warm begon te worden.

'Au!'

'Spugen,' zei Günther.

Albert spoog op zijn hand en wreef de klodder spuug uit over de brandplek. De plek werd rood. Hij stak de hand in zijn zak en probeerde hem te vergeten.

Günther draaide de kraan van een slang open en hield er een lucifer bij. 'Kijk, als je het gas kunt aansteken en de vlam wordt blauw, dan kun je erop rijden. Als je geen haast hebt, zou ik de auto aan de kant zetten zodra het donker wordt. Je hebt misschien wel gezien dat je koplampen zijn geblindeerd.'

Albert knikte. Het was hem al opgevallen dat het maar kleine spleetjes waren waardoor licht naar buiten scheen.

'Als ik jou was, zou ik nu alvast de wagen laten laden,' ging Günther verder. Hij wees naar een opslagloods aan de rand van het fabrieksterrein.

Albert nam plaats achter het stuur van de Opel en reed naar de loods. Hij was blij dat het rijden in de vrachtwagen al een beetje begon te wennen.

Met behulp van een hijskraan werd een rek vol gasflessen op de laadbak gezet. Albert stond er met zijn handen in de zakken naar te kijken. Hij voelde dat op de rug van zijn rechterhand een blaar ontstond.

Toen de wagen geladen was, reed Albert terug naar de houtkelder. Hij moest Günther nog iets vragen: hoe zette hij die rare houtkachel weer uit?

'Gewoon de luchttoevoer afsluiten,' zei Günther-

De volgende ochtend vertrok Albert vroeg van het Opelterrein. Hij had slecht geslapen. De andere jongens hadden hem die avond flink geplaagd.

'Appie zien we niet meer terug. Nee, nooit meer.'

'Straks ligt ons Ab in de sloot. Hartstikke dood.'

'Hé, Van Dam, kom je eigenlijk wel met je hoofd boven het stuur uit?'

De jongens waren jaloers op hem, dat moest het zijn.

Eindeloos had hij die nacht het rijtje met plaatsnamen gerepeteerd: Frankfurt. Fulda. Erfurt. Weimar. Leipzig. Dessau. Brandenburg...

Met brullende motor reed hij door de hoofdpoort de fabriek uit. Hij had verkeerd geschakeld. De portiers zouden wel denken. Lachend deden ze de hefboom voor hem omhoog.

Op het gevoel sloeg hij links af. Rechts liep de spoorweg.

Plotseling realiseerde hij zich dat hij vrij was, de wereld lag voor hem open! Afgezien van zijn zondagse uitstapjes, was zijn wereld twee maanden lang beperkt gebleven tot het barakkenkamp en het fabrieksterrein. Toch leek de weg naar huis voor hem afgesloten.

Hij bereikte al snel de rand van het stadje. Op goed geluk koos hij een uitgaande weg. Want hoe goed hij ook oplette, verkeersborden zag hij nergens. Het viel hem op dat op sommige stukken, de bermen vol lagen met autowrakken. Waren die wagens allemaal stukgegaan? Gelukkig zag hij in de verte de contouren van een grote stad. Dat moest Frankfurt zijn.

Op zijn weg door de stad zag hij straten vol verwoeste gevels, ingeslagen ruiten, verbrande huizen. Hij probeerde er niet aan te denken wat hier was gebeurd. En hij durfde ook niet te stoppen om aan iemand de weg te vragen. Op goed geluk reed hij aan de andere kant de stad weer uit.

De weg naar Fulda leidde hem niet naar Fulda, maar naar Giessen. Hij was verkeerd gereden. Nu maakte hij een omweg.

Maar wat gaf het eigenlijk? Hier lette niemand op hem. Het was bovendien onmogelijk om zonder verdwalen door Duitsland te reizen nu alle verkeersborden waren weggehaald.

Met een knorrende maag sloeg hij de weg naar Fulda in. Hij wilde niet nog meer tijd verliezen door ergens te stoppen om iets te eten te kopen. Maar hij had Giessen nog maar net verlaten of de motor begon te haperen. Wat nu weer? Wat moest hij beginnen als hij ergens met een kapotte motor kwam te staan? Plotseling begreep hij wat er mis was, het hout was op. Hij moest gewoon de ketel bijvullen.

Hij zette de auto aan de kant van de weg en klom op de laadbak. Terwijl hij de houtblokken in de ketel gooide, dacht hij aan Günther. En als vanzelf imiteerde hij de spastische bewegingen die de jongen had gemaakt bij het vullen van de zakken.

Toen de ketel vol was, sloot hij het deksel en sprong van de laadbak op de grond. Hij draaide het kraantje van de gasslang open en luisterde of er gas ontsnapte. Hij stak een lucifer aan en hield hem bij de opening. Er gebeurde niets. Hij hees zich weer aan de rand van de laadbak omhoog, ging staan en opende het vuldeksel om te controleren of het hout wel had vlam gevat. Een steekvlam schoot omhoog uit de ketel. Hij liet het deksel vallen en greep naar zijn hoofd. Het geknetter kon maar één ding betekenen: zijn haar stond in de brand. Hij sloeg een paar keer met zijn handen op zijn hoofd en sprong toen weer op de grond om in de zijspiegel van de Opel te kijken. Van zijn wenkbrauwen was niets meer over. En ook op zijn voorhoofd was een flinke pluk haar verdwenen.

Beduusd ging hij in het gras zitten en leunde tegen het voorwiel. Voor hem strekte zich een herfstig landschap uit. Afgezien van het groen van de naaldbomen was alles geschilderd in bruintinten en uitbundig oranje. Hij keek naar de zon. Als die nu een boog in westelijke richting beschreef, lag het oosten precies de andere kant op. Daar moest hij heen.

Na een poosje stapte hij weer in de cabine en draaide de sleutel om. De wagen liep meteen.

Hij reed door tot het donker begon te worden. Toen zette hij de vrachtwagen op een parkeerplaats naast een restaurant. Hij had de hele dag geen hap gegeten. Alsof hij bang was om mensen tegen te komen die hem zouden ontmaskeren. Wie ben jij? Wat doe je op die vrachtwagen?

Voor vijf mark at hij een varkensschnitzel, rodekool en aardappelen. De jongens in de barak moesten hem eens zien, achter zijn dampende bord.

Na een onrustige nacht op de cabinevloer haalde hij bij een bakker een half brood. De bakker knipte met een schaar zes bonnetjes van de kaart.

'Uit Holland, zeker?' vroeg de bakker.

Hij knikte en pakte het brood aan. Even keek de bakker hem aan en zei: 'Het is een rotoorlog.'

Daar wist Albert niets op te zeggen. Hij liep naar de deur, deed hem open en vroeg: 'Weimar, is dat die kant op?'

'Bij de kerk naar rechts. En dan almaar rechtdoor. Bij Bad Hersfeld ga je de bergen in. Dan krijg je Erfurt en daarna Weimar.'

Terwijl hij de ketel opstookte at hij de helft van het halve brood op. Hij sloeg de weg in die de bakker hem gewezen had. Achter het stuur van de Opel vroeg hij zich af wat de doorsnee-Duitser ervan vond dat hun regering het land in een oorlog had gestort met de rest van de wereld. En waarom zou een bakker in een dorpje in het midden van Duitsland ook blij zijn met het ontstaan van een groot Duits Rijk? Zou hij er een brood meer door verkopen als de Duitsers de wereld overheersten zoals hun Führer wilde? Nee, vast niet.

Na een paar uur begon de weg steil omhoog te lopen. De naaldbossen om hem heen leken langzaam op te rukken. Ze maakten de weg smaller en smaller. De weg slingerde door de beboste heuvels. Toen dook de weg naar beneden. Hij liet de wagen gaan. Dat dat niet verstandig was, bleek bij de eerstvolgende bocht waar hij bijna uitvloog. Bij de volgende afdaling gebruikte hij de motor als rem. Hij moest er niet aan denken dat hij met de Opel op een van de donkere stammen naast de weg zou klappen.

Ergens in een dal passeerde hij een gehucht met vijf huizen. Hij besloot de plek te gebruiken om de ketel opnieuw bij te vullen. Terwijl hij daarmee bezig was, klonk er plotseling een stem: 'Waar ga je naartoe? Kan ik meerijden?'

Hij keek naar de man die naast de vrachtwagen stond. De man droeg een hoed en een regenjas. Naast hem op de grond stond een leren tas.

'Ik moet naar Brandenburg,' zei Albert.

'Mooi,' zei de man. 'Ik moet naar Berlijn.'

Albert probeerde te bedenken of meneer Nauheimer er bezwaar tegen kon hebben als hij een lifter meenam. Eigenlijk had hij er vooral voordeel van als iemand hem de weg kon wijzen. 'Goed,' zei hij. Albert liet zich van de wagen zakken en stapte achter het stuur.

De man klom aan de andere kant in de cabine en zette de tas tussen hen in.

Juist toen Albert zich begon af te vragen hoe hij een gesprekje met de man op gang kon brengen, deed deze zijn tas open, haalde er een stuk worst uit en vroeg: 'Honger?'

Zwijgend aten ze van de worst, de kaas en het zure brood dat de man uit de tas tevoorschijn toverde.

'Het is een rotoorlog,' zei de man met volle mond.

Albert knikte. Het leek wel of alle Duitsers diezelfde mening waren toegedaan. 'Ja, scheisse,' zei hij.

'Maar het moet nu eenmaal gebeuren,' vervolgde de man. 'Duitsland is volkomen in het nauw gedreven door de Fransen en de Engelsen. Je kunt een land niet op de knieën dwingen. Het is volkomen rechtvaardig dat de regering terugvecht. Polen en Oostenrijk maken gewoon deel uit van het Duitse Rijk. Dat is altijd zo geweest. Frankrijk is veel te hebberig geweest na de Grote Oorlog. Nu kijken ze op hun neus. Ik beledig je toch niet?'

Albert voelde dat de man hem van opzij aankeek. Wat moest hij zeggen?

'Nu wordt de welvaart in ons land eerlijk verdeeld. Iedereen heeft recht op werk en op een eigen huis. Dat was eerst wel anders. Ons land werd van binnenuit uitgehold. De banken, de handel, de kunst, de muziek, alles was in handen van een volk dat hier helemaal niet thuishoort.'

'Wie dan?' waagde Albert het te vragen. Toen hij het antwoord hoorde kon hij zich wel voor de kop slaan. Natuurlijk hadden de Joden het gedaan.

'Is dat in Holland niet precies hetzelfde?' wilde de man weten.

'Nee, niet dat ik weet,' antwoordde Albert naar eer en geweten. Hoeveel Joodse mensen kende hij eigenlijk. Coltof, de fotograaf, misschien? Die man had toch nooit een vlieg kwaad gedaan? In Alberts koffer zat een foto waarop hij samen met zijn zusje Janny op een bankje zat. Die foto was in de studio van Coltof genomen. Hij was veertien. Janny een jaar of tien. Hun vader had hen naar de fotograaf gestuurd. Janny was bang. Hij had haar gerustgesteld: 'Heus, het is niet eng. Je hoeft maar één minuutje stil te zitten.' Die veertienjarige jongen op de foto had een droom: vrachtwagenchauffeur worden. En nu was hij het. Maar het wilde nog niet echt tot hem doordringen. Hij stuurde, hij gaf gas, hij remde, maar maakte dat hem tot een chauffeur? Echte chauffeurs kenden de wereld en dat was hun aan te zien met de sigaret onverschillig tussen de lippen geklemd.

'Ik zal je wat vertellen,' zei de lifter naast hem op samenzweerderige toon. 'De Joden kunnen maar het best teruggaan naar hun eigen land. Hun beloofde land. Laat ze daar een eigen staat stichten. Dan komt alles goed.'

Albert tuurde door de voorruit van de Opel. Het bos hadden ze achter zich gelaten. Voor hem zag hij groene heuvels waarop koeien graasden. Hier en daar stond een boerderij. Hij dacht aan het land dat hij uit de Bijbel kende: Kanaän. Was dat het land waar alle Joden heen gevoerd werden? Dat wilden ze toch ook graag: terug naar hun beloofde land?

Ze kwamen bij een kruising.

'Brandenburg?' vroeg Albert, naar links wijzend.

De man schudde zijn hoofd. 'Naar rechts,' zei hij stellig.

Albert stopte niet ver na de kruising om de ketel bij te vullen. Er waren nu nog twee zakken met hout over. Kennelijk had hij zuinig gereden. Toen hij weer instapte hield de man hem een pakje sigaretten voor. Albert haalde er een uit en liet hem door de man aansteken.

Zwijgend rookten ze hun sigaretten. Albert was blij dat de man verder zijn mond hield over zijn nazi-ideeën. Het gesprek bleef beperkt tot korte opmerkingen over hun gezamenlijke tocht.

'Halen we het wel voor het donker?' Albert moest er niet aan denken om midden in de nacht verdwaald te raken.

'Nee, zeker niet. Maar ik ken de weg.'

Het werd donker. Albert deed de koplampen aan. Maar omdat die voor een groot deel waren afgeplakt, was het schijnsel niet toereikend. Op het gevoel stuurde hij de Opel door de zwarte nacht. De bebouwing werd dichter. Was dit een dorp, een stad?

'Zijn we in Brandenburg?'

'Nee, nog niet. Ik vertel je wel wanneer we er zijn.'

Na twee donkere uren zei de man: 'Hier de hoek om, dan

ben ik er. Bedankt.' Hij legde het pakje sigaretten naast zich op de bank.

Albert stopte de wagen op de plek die de man aanwees. Ze stonden voor een café, tussen de bomen, op een plein. Uit het café klonk een zacht muziekje.

'Maar...'

'Brandenburg is hier niet ver vandaan.' De man stond al naast de cabine. 'Omkeren en dan die kant op.' Hij wees in de richting waar ze vandaan kwamen. Toen draaide hij zich om en was in een paar passen bij de deur van het café. Even overspoelde de muziek het hele plein. Daarna werd het stil. Albert bleef alleen achter met het gevoel belazerd te zijn. Hij had zich ongelofelijk laten beetnemen door die zak! Brandenburg. Dit was natuurlijk Berlijn! En hij wilde hier weg. Geen haar op zijn hoofd dacht erover om hier te overnachten. Hij keek op zijn horloge. Bijna twaalf uur! Vechtend tegen de slaap stuurde hij de Opel terug, door de buitenwijken van Berlijn in de hoop daar ergens in het westen het stadje Brandenburg te vinden. Maar hij vond het niet.

Plotseling leek het of het asfalt onder hem verdween. Hij gaf een ruk aan het stuur en probeerde de vrachtwagen terug de weg op te sturen. Maar de wielen tolden rond in de modder en de wagen gleed de berm in. Met een klap kwam de Opel tot stilstand. In plaats van overeind te komen en uit te stappen om de schade te bekijken, liet Albert zijn moede hoofd op het stuur zakken. Hij droomde van danseressen in een sprookjeskasteel. Marie wenkte hem. Maar telkens als hij haar hand wilde grijpen, was ze weg. Marie was alle danseressen tegelijk. Ze ontweken hem lachend. De droom werd ruw verstoord door een boer die hard op de ruit tikte. 'Hulp nodig?'

Hij keek om zich heen. De auto stond scheef onderuitgezakt in een greppel. De zon scheen. De dag moest al zeker een paar uur oud zijn. Als verdoofd kwam hij achter het stuur vandaan. Wat was er gebeurd? Toen keek hij naar de boer die terugliep naar zijn trekker.

'Ja, graag!' riep hij.

Het kostte de boer weinig moeite om de Opel Blitz terug de weg op te trekken. Albert liep om de auto heen. De schade was beperkt tot een paar krassen op de lak van het spatbord.

'Bedankt,' zei hij tegen de boer. 'Kan ik misschien een paar zakken stookhout bij u kopen?'

De boer knikte en bracht hem niet veel later vijf volle zakken op een kar. Samen gooiden ze de zakken op de laadbak. Albert gaf de boer vijf mark zonder te weten of dat wel een goede prijs was.

'Bedankt,' zei Albert weer. 'Rijd ik zo in de richting van Brandenburg?'

'Ja,' zei de boer. 'De Opelfabriek kom je vanzelf tegen.'

Het duurde nog lang voor Albert genoeg bij zijn positieven was om de ketel op te kunnen stoken en weer op weg te gaan.

De boer kreeg gelijk, Albert kon het fabrieksgebouw makkelijk vinden. Het was hem ook meteen duidelijk dat in deze fabriek de vrachtwagens werden gemaakt van het type waarin hij zelf reed: de Blitz. Ze stonden in slagorde naast de fabriek opgesteld in de kleuren grijs, groen en donkerrood. Sommige Opels waren uitgerust als tankwagen, andere hadden rupsbanden op de plek waar normaal de achterwielen zaten. Die wagens waren uitgerust met oorlogstuig: mortieren, mitrailleurs.

De man bij de slagboom wees hem de plek waar hij moest zijn, naast een opslagtank met vloeibaar zuurstof. Toen hij de wagen parkeerde en uitstapte, kwamen er twee mannen op hem af lopen.

'Papieren,' zei de een.

Hij haalde de vrachtbrief uit de binnenzak van zijn leren jack.

'Naam?' vroeg de ander.

'Van Dam.'

'Von Dam? Zo, zo, dus we hebben hier een chauffeur die van adel is? Ja, ja, iedereen moet zijn steentje bijdragen aan de toekomst van ons land.'

Albert begreep er niets van.

Tot de man die de papieren had aangenomen uitlegde: 'Mijn collega denkt dat iedere naam die met von begint, op een adellijke afkomst duidt. Von Meckelenburg, Von Habsburg, Von Lippe-Biesterfeld, allemaal Duitse adel.'

'Ik kom uit Holland.'

'Dat dacht ik al. Ga maar wat eten, Van Dam. Wij zorgen wel voor je retourlading. Je krijgt auto-onderdelen mee: startmotoren, dynamo's en een paar versnellingsbakken. De kantine is daar. Wij komen je halen als we klaar zijn.'

In de kantine kreeg hij koffie en brood met aardbeienjam.

'Als je even wacht, heb ik om twaalf uur warm eten voor je,' zei de kokkin.

Hij at het brood op en bladerde door een Duitse krant. De krantenkoppen juichten over de successen die het leger behaalde aan het oostfront. Rusland werd onder de voet gelopen. De Japanners hadden de Amerikanen een grote slag toegebracht. Was dit allemaal waar? Zelfs als het maar de halve waarheid was, zag het er slecht uit voor Europa. En slecht voor hem! Dan zou hij zijn hele leven door Duitsland moeten rondrijden. Hertog Albert von Dam in zijn Opel Blitz.

Langzaam liep de kantine vol. Net als de anderen pakte hij een bord en ging in de rij staan. Zijn bord werd gevuld met aardappelen, zuurkool en braadworst.

Hij ging terug naar zijn plek en prakte de aardappelen en de zuurkool door elkaar zoals hij thuis gewend was te doen.

Plotseling voelde hij een hand op zijn schouder. Een andere hand legde een vrachtbrief naast zijn bord. Hij keek op.

'Je wagen is geladen.' Het was een van de mannen die hij bij de gastank had gesproken.

Hij wilde opspringen.

'Na het eten,' klonk het lachend.

'Bedankt.'

'Goede reis.'

Eenmaal op weg begon het te regenen. Eerst zacht, maar al snel kletterden de druppels op het dak van de cabine. Hij zette de ruitenwisser aan. Het geluid van de wisser mengde zich met het geroffel van de regen. Niets aan de hand, het duurde nog minstens een uur voor hij hout moest bijvullen. In de verte leek de lucht al op te klaren. Nog even en hij reed onder het zware wolkendek door de zon weer in.

Ver voor hem liep de weg omhoog. Het was beter om nu te stoppen. Stilstaan op een helling was niet slim had hij op de heenweg ontdekt. Daar was het moeilijk optrekken. Hij trapte op de rem en zette de wagen aan de kant van de weg.

Op de laadbak pakte hij de laatste zak met hout. De zak was nat. En ook het hout in de zak droop van het water. Wat stom! Hij had het hout moeten afdekken met een stuk zeil. Zou dit hout wel branden? Veel tijd om daarover na te denken kreeg hij niet. Hoog boven hem klonk een aanzwellend gebrom. Hij verstijfde. Dit was het geluid waarmee de oorlog begon toen hij drie jaar geleden op zijn zolderkamertje wakker werd. Hij keek omhoog. Vliegtuigen! Zonder precies te weten waarom, kroop hij achter het stuur van de Opel en klemde het stevig vast. Hij zag zijn knokkels wit worden. Zo bleef hij zitten tot het gebrom zachter werd en uiteindelijk helemaal verdween. Toen durfde hij zich weer te verroeren. Hij stapte uit de cabine en tuurde naar de lucht. Als hij nu op weg was naar het zuiden, waren de vliegtuigen overgevlogen in westelijke richting. Waren het Engelsen geweest, of Amerikanen die Duitse steden hadden gebombardeerd? Of waren het Duitse bommenwerpers op weg naar Engeland?

Hij besloot het natte hout in de ketel te gooien. Er zat niets anders op. Eerst klonk er een luid gesis tussen de roodgloeiende as op de bodem, toen namen de vlammen gretig bezit van het hout. Opgelucht om zoveel geluk gooide hij de ketel helemaal vol. Het zat hem mee. Hij had zijn buik volgegeten. In de vrachtwagen was hij veilig en het brandhout liet zich niet uit het veld slaan door een buitje.

Op vrijdagavond, nog voor het helemaal donker werd, reed hij het fabrieksterrein in Rüsselsheim op. Hij was weer thuis. De portier deed zonder naar hem om te kijken de slagboom omhoog. Zelf had hij het gevoel dat hij met succes een reis om de wereld had volbracht.

Hij parkeerde de Opel naast de andere vrachtwagens en bracht de vrachtbrief naar het kantoor. Nauheimer was er niet.

'Ik heb je morgenavond nodig voor een klusje,' zei de dienstdoende chef.

'En morgenochtend?'

'Morgen overdag ben je vrij. Zondag vertrek je naar Keulen.'

Even overwoog hij om te zeggen dat hij niet op zondag werkte. Maar hij liep zonder iets te zeggen het kantoor uit, door de achterpoort naar zijn barak.

De jongens ontvingen hem enthousiast. Nieuwsgierig luisterden ze naar zijn verhalen en vroegen om uitleg over zijn afgebrande haar.

'En, heb je iets beters te eten gekregen dan die eeuwige koolsoep?' vroeg Aad van Rijn. 'Biefstukje? Bloemkool met een bloemsausje?'

'Zuurkool,' zei hij. De woorden 'met aardappelen en braadworst' slikte hij in. Hij voelde dat de jongens jaloers waren op zijn avonturen. Ze waren wel benieuwd, maar tegelijkertijd behandelden ze hem als een buitenstaander. En dat was hij ook. Hij was nu chauffeur.

'Hier, voor jullie,' zei hij. En hij legde het pakje sigaretten dat hij van de twee mannen in Brandenburg had gekregen op tafel.

'Nou, nou,' zei Cor Snip, 'Van Dam wordt gul.' Hij was er als eerste bij om een sigaret uit het pakje te halen. Toen draaide hij zich nukkig om en liep naar buiten.

'En hier,' vroeg Albert, 'is hier nog iets gebeurd?'

'Alles hetzelfde,' antwoordde Aad van Rijn. 'Behalve dat we nu extra in de gaten worden gehouden door ene Lieberman. We hebben de wildste verhalen over hem gehoord. Het is geen Opelman, maar een echte nazi. Zelfs de chefs van de werkplaats doen het voor hem in hun broek.'

Albert was blij dat zijn bestaan voor het grootste deel buiten de fabriekspoort lag.

Die zaterdag hing Albert de hele dag rond bij de barak. De tocht naar Brandenburg had hem uitgeput. Ook liggend zag hij zichzelf achter het stuur. Het landschap gleed voorbij. De groene velden, de heuvels, de bossen, de bewolkte luchten die onzichtbare vliegtuigen herbergden. Het was of hij de hele tocht nog eens overdeed. Hij dacht aan zijn familie. Voelde Piet zich thuis in het tehuis in Den Dolder? Lag hij op dit moment ook op bed en spoog hij papierproppen tegen het plafond?

Tegen de middag liep hij het stadje in. In het postkantoor stond hij vergeefs in de rij. Er was voor hem niets aangekomen.

Terug in de barak ging hij aan de grote houten tafel zitten en schreef een brief naar huis. Al schrijvend groeide zijn trots. Hij had zijn eerste missie vervuld. En eigenlijk was daarmee de droom die hij als twaalfjarige jongen koesterde uitgekomen. Hij was vrachtwagenchauffeur. Niet als hulpje van zijn vader, niet in de schaduw van broer Her, maar als eigen baas. Hoe kon hij zo gek zijn om te denken dat hij de baas was? Hij was niet meer dan een slaaf van de Duitsers!

Aan het eind van de middag liep hij naar de fabriek. Hij wilde alvast hout laden voor de volgende dag. Voor de houtkelder trof hij gekke Günther zoals de anderen hem noemden. De jongen hing onderuit tegen een paar boomstammen.

'Ik kan wel zien wat er is gebeurd,' zei de jongen op zijn wenkbrauwen wijzend.

'Ongelukje,' zei Albert. 'Alles ging goed, behalve dat het hout nat werd.'

Günther kwam lachend overeind. 'Ja, dat had ik je wel kunnen vertellen.'

Samen vulden ze de lege zakken weer met hout. Albert keek naar de vreemde jongen. Was hij echt gek, of deed hij maar alsof? Het leek wel of de jongen die vraag in zijn ogen kon lezen, want toen ze even later de volle zakken op de laadbak tilden, keek Günther hem plotseling aan en zei: 'Iedereen die gek is...' Hij zweeg en bewoog zijn platte hand langs zijn blote hals. Dat gebaar was duidelijk. Albert kon er maar één ding uit begrijpen: wie gek was moest voor zijn leven vrezen.

'Als je anders bent, is er hier geen plaats meer voor je,' zei Günther op fluistertoon. 'Alle Joden, zigeuners, gekken en mannen die...' Weer brak hij zijn zin af en volstond met een gebaar. Maar dat gebaar begreep Albert niet. Günther bewoog de wijsvinger van zijn rechterhand heen en weer in de vuist van zijn linkerhand. En daarbij knipoogde hij naar Albert. Toen zei hij: 'Je weet wel, mannen die met mannen...' En weer haalde hij zijn platte hand langs zijn hals. 'Mijn vader

66

heeft dit geregeld. Voor hij wegging naar Holland. Hier, in de houtkelder, ben ik veilig.'

Albert dacht aan thuis, aan zijn broer Piet. Was die wel veilig voor de Duitsers met hun krankzinnige theorieën?

'Heb je sigaretten?' vroeg Günther.

Hij schudde zijn hoofd. 'Weggegeven.' Hij nam zich voor de volgende keer aan gekke Günther te denken als hij weer een extraatje had gekregen.

Het klusje waarvoor de man van het kantoor hem nodig had, was een verhuizing. Eigenlijk was het een klusje van niks. Maar Albert stak met grote tegenzin zijn handen uit de mouwen toen hij ontdekte om wat voor gezin het ging. De vader, moeder en twee kinderen die hij hielp verhuizen van de ene buitenwijk van Frankfurt naar de andere waren overtuigde nazi's. Voor Albert het wist stond hij met een portret van de grote leider in zijn handen. Bij de spullen hoorden ook vlaggen met hakenkruizen en boeken met bedenkelijke titels. Al wist Albert niet goed of de titel van het boek waarover de kantoorman het steeds had *Mijn kamp* betekende of *Mijn gevecht*.

Het stuk worst en de plak chocolade die hij als beloning kreeg, stopte hij in de binnenzak van zijn jack. Voor Günther, besloot hij.

Een paar weken later vertrok Albert in een konvooi met acht andere vrachtwagens voor een reisje naar Bielefeld en Osnabrück. In zijn vrachtwagen met nummer 22 sloot hij de rij.

Hij genoot van de rit. Meer dan anders kon hij zich ontspannen nu hij niet hoefde op te letten. Hij kon onmogelijk verdwalen en als hij pech had, waren er acht ervaren chauffeurs om hem te helpen. De meeste chauffeurs hadden hem al snel geaccepteerd als enige buitenlander in hun midden. Een enkeling negeerde hem.

Ergens tussen Paderborn en Bielefeld gebeurde het. Hoog in de lucht naderde een groep jachtvliegtuigen. Albert verstijfde. Hij zat hier toch wel veilig, in de cabine van zijn vrachtwagen? Hij keek naar de wagens voor hem. Die stopten plotseling. De chauffeurs sprongen een voor een uit hun cabines en lieten zich in de greppels langs de kant van de weg vallen. Albert bleef zitten. Hij omklemde zijn stuur zoals hij eerder had gedaan. Ook deze vliegtuigen zouden ongetwijfeld overvliegen. Het geluid zwol aan. Boven dat geluid uit hoorde hij plotseling het schreeuwen van zijn collega's: 'Otto. Eruit! Eruit! Wegduiken! Ze gaan schieten!'

Nog twijfelde Albert. Hij zag hoe de chauffeur in de auto voor hem een sigaret opstak.

'Otto!' klonk het weer.

Toen pas gooide Albert de deur open, liet zich op de grond vallen, vloog overeind en rende in de richting van zijn collega's in de greppel.

De kogels floten hem om de oren. Ratelend sloegen ze in de auto's op de weg.

'Otto is geraakt!' schreeuwde een van de chauffeurs naast hem.

Nu zag Albert het pas. In de auto voor de zijne hing een man voorover over het stuur. Hij bewoog niet.

Even volgden de mannen de jagers in de lucht met hun ogen. Maar toen die niet terugkwamen, liepen ze naar de vrachtwagen van hun collega. Ze haalden hem achter het stuur vandaan en legden hem op de grond. Hun armen hingen werkeloos langs hun lijf. Hun schouders schokten. Ze wisselden machteloze blikken uit. Albert keek toe hoe Otto in de laadbak van een van de vrachtwagens werd gelegd. Hij hoorde niet bij deze Duitse chauffeurs. Dit was niet zijn land, niet zijn oorlog. Of was hij gewoon te bang om iets te doen?

De kapotgeschoten wagen werd naar de wegkant geduwd.

Hij zakte scheef weg in de modder. Dus zo belanden al die wrakken langs de wegen, begreep Albert.

'Kom, Van Dam, we gaan weer.'

Albert stond op. Hij wankelde op zijn benen. Was dit alles? Gingen de mannen zo om met de dood van een vriend? Ze konden toch niet zomaar verder rijden alsof er niets was gebeurd? Maar toen de eerste wagens langzaam in beweging kwamen, kon Albert niets anders doen dan weer in zijn cabine klimmen en gas geven. Toen hij de vrachtwagen passeerde waarin collega Otto zojuist om het leven was gekomen, voelde hij de inhoud van zijn maag plotseling omhoogkomen en kotste hij over zijn stuur heen. Door zijn tranen keek hij naar de weg en de vrachtwagens voor hem. Daar reden zeven collega's en één bebloede dode in een laadbak.

Vanaf die dag nam Albert zo vaak hij kon lifters mee. Voor hij hen achter in de laadbak liet klimmen zei hij: 'Let op de vliegtuigen. Zodra je er een ziet moet je hard op het dak van de cabine slaan.'

Meteen bij de eerste klap die hij boven zijn hoofd hoorde, trapte Albert op de rem en dook in de dichtstbijzijnde greppel. Eerst had hij zich veilig gevoeld in de cabine van de Blitz. Nu niet meer. Het voelde of een goede vriend hem in de steek liet: waren ze net aan elkaar gewend, werd hij verraden.

Pas langzaam begon Albert te begrijpen waarom alle vrachtwagens op de Duitse wegen doelwit waren. De meeste vervoerden oorlogstuig of onderdelen van vliegtuigen.

Soms waren er zoveel vliegtuigen in de lucht dat Albert de Opel onzichtbaar maakte door hem onder de bomen te zetten. Dan wachtte hij de schemering af. Hoewel hij een hekel had aan het donker, was dat te verkiezen boven het gevaar van de jachtvliegers met hun mitrailleurs.

Langzaam werd het winter. Nauheimer, de chef expeditie, gaf hem sneeuwkettingen mee.

Hij had ze voor het eerst nodig tijdens een rit naar Plettenberg. Op de snelweg van Frankfurt naar Keulen begon het zacht te sneeuwen. Bij Limburg aan de Lahn hield de snelweg tot zijn spijt plotseling op. De Duitsers waren geweldige snelwegbouwers, maar aan de viaducten over de rivierdalen waren ze nog niet toegekomen. Nu moest hij langs een kronkelig weggetje afdalen, een pontje naar de overkant van de Lahn nemen en aan de andere kant van de rivier omhoog kronkelen om het volgende stuk snelweg te vinden.

De sneeuwvlokken werden groter en talrijker. Ze vlokten samen tegen het raam zodat hij de ruitenwisser aan moest zetten. Hij schakelde terug om de eerste haarspeldbochten goed door te komen. Net op tijd remde hij voor een paar obstakels voor hem op de weg. Het was of iemand achteloos een groot aantal houtblokken had rondgestrooid. Waren die van een laadbak gevallen? Hij stapte uit om de weg vrij te maken. Toen zag hij de verse remsporen. Hier moest iemand in een slip zijn geraakt. Het spoor ging van rechts naar links. De wagen had de rotswand geraakt. Ook daar was hout op de weg terechtgekomen. Daarna stak het spoor schuin over en verdween. Waar was zijn voorganger gebleven?

Voor Albert verder reed, deed hij eerst de sneeuwkettingen om de wielen van de Opelvrachtwagen. Stapvoets vervolgde hij zijn tocht. Een paar haarspeldbochten verder zag hij het wrak van een vrachtwagen liggen. De deur van de cabine stond open. Van de chauffeur was geen spoor te bekennen. Die was er kennelijk goed van afgekomen.

Albert kwam heelhuids in Plettenberg aan. Hij parkeerde de Opel achteruit voor de geopende deuren van een klein bedrijf waar brandstofpompen werden gemaakt.

'Ik kom auto-onderdelen laden,' zei hij tegen de eerste de

beste fabrieksarbeider die hij tegen het lijf liep. De man veegde zijn zwarte handen af aan zijn stofjas en zei: 'Die maken we hier niet.'

Albert liet zijn papieren zien.

'Kom maar mee,' zei de man. Hij wees Albert op een stapel dozen naast de open deuren. 'Die moet je hebben. Ik zou maar opschieten, want er wordt nog veel meer sneeuw verwacht.' De man verdween zodat Albert genoodzaakt was zijn auto zelf te laden. Toen hij daarmee klaar was, ging hij weer op zoek naar de man in de stofjas. Hij vond hem in een smoezelig kantoor.

'Hier,' zei de man en hij stak hem de afgetekende vrachtbrief toe.

Albert bleef staan. Hij had trek in koffie, maar hij durfde er niet om te vragen. Toch bleef hij nog even staan. Hij wees de man op zijn geladen wagen en vroeg: 'Wat zijn dat dan?'

'Brandstofpompen en startmotoren.'

'Voor vrachtwagens?'

'Nee, dat zei ik toch? We maken vliegtuigonderdelen. Die onderdelen zijn voor de Junkers 88. Bommenwerpers. Waar wacht je nog op? Kijk maar uit dat je niet ingesneeuwd raakt. Als ik jou was zou ik omrijden via Düsseldorf. Die weg is met dit weer beter begaanbaar dan de kortste weg naar Frankfurt via Keulen.'

Albert liep naar zijn Opel. Voor hij de zeilen kap dichtmaakte keek hij naar de opgestapelde dozen. Het waren dus onderdelen voor bommenwerpers. Waar gingen die vliegtuigen hun bommen afwerpen?

Even later worstelde de vrachtwagen zich met moeite door de sneeuwlaag heen. Het ging niet veel harder dan stapvoets. Gelukkig vond hij al snel de weg naar Düsseldorf die de man in de stofjas hem had gewezen. Voor de zekerheid hield hij het tempo laag. Hoewel hem hier weinig kon gebeuren. Hij liet zijn blik over het witte landschap dwalen. Witte heuvels, witte dalen en een lange, rechte, witte weg. Hij dacht aan zijn lading. Vliegtuigonderdelen. Moordwapens. Maakte hem dat niet medeplichtig? Goed, hij werkte nu al een paar maanden voor de vijand, maar moest hij er zich bij neerleggen dat hij meewerkte aan het bouwen van bommenwerpers? Maakte hem dat niet tot een verrader? Kwaad begon hij gas te geven. Wat kon het hem schelen als hij met Opel en al van de weg raakte? Zonder startmotoren konden die Junkers 88 niet starten. Als het aan hem lag, zouden die onderdelen nooit aankomen in Rüsselsheim. De weg ging langzaam naar beneden. Hij gaf plankgas. Toen de Opel op volle snelheid was, keek hij op de kilometerteller. Hij reed bijna zeventig!

Toen zag hij de vijand. Twee Engelse of Amerikaanse jagers trokken door de lucht. Hadden ze hem in de peiling? Het leek of ze inhielden en een duikvlucht inzetten. Albert had de neiging om zich heen te kijken. Alsof het ook maar iets zou uitmaken als er zich meerdere doelen in zijn nabijheid bevonden. De vijandelijke jagers moesten zich nu ergens achter hem bevinden. Vijandelijk? Hoe kwam hij daar nou bij? De piloten in die jachtvliegtuigen waren vrienden. Ze probeerden Europa te bevrijden. Gelijk hadden ze om op alle vrachtwagens te schieten die ze zagen. Weer een paar vliegtuigonderdelen minder! Eigenlijk moest hij zijn vrachtwagen pontificaal midden op de weg parkeren. Hier, schiet hem maar verrot. Alsjeblieft. Dan is de bevrijding weer een stapje dichterbij.

Maar hij kon het niet. Hij benutte de eerste de beste schuilplaats die hem werd geboden: een viaduct over de snelweg. Hij stopte de wagen en wachtte af. Achter hem klonk het geratel van een boordmitrailleur. De kogels ketsten af op de betonnen randen van het viaduct. Bewegingloos bleef hij achter het stuur zitten. Langzaam verdween het gierende motorgeluid van de jachtvliegtuigen. Opgelucht haalde hij adem. Even dacht hij dat het gevaar geweken was. Maar al snel bemerkte hij zijn vergissing. De jagers draaiden een rondje en begonnen hem nu van voren te beschieten. De mitrailleurs ratelden weer. Tot ze boven zijn hoofd over het viaduct vlogen om aan een nieuwe ronde te gaan beginnen. Bij elk rondje waagden de piloten het om nog lager te gaan vliegen. Zo laag dat Albert even het gevoel had dat hij een van de piloten recht in de ogen keek. Om zich onzichtbaar te maken dook hij naar de grond en bleef tussen de pedalen liggen tot hij niets, helemaal niets meer hoorde.

Pas uren later stookte hij de ketel weer op en waagde zich onder de blote hemel. Het sneeuwen was gestopt, maar de weg was nauwelijks begaanbaar. Hij ploegde door de dikke sneeuwlaag tot het donker begon te worden. Toen hield, net als eerder bij Limburg aan de Lahn, de snelweg plotseling op en was hij genoodzaakt een smalle landweg te volgen. Even leek dat goed te gaan, maar na een paar honderd meter liep hij vast. Of was hij van de weg afgeraakt? De weg en de berm waren nauwelijks van elkaar te onderscheiden. Hij durfde niet voor- of achteruit.

Na een poosje sloeg de motor af en werd het snel koud in de cabine. Hij besloot uit te stappen en naar de boerderij te lopen waarvan hij in de verte het silhouet ontwaarde.

Hij liep het boerenerf op en vond de boer tussen de koeien in de schuur.

'Ik zoek onderdak,' zei hij.

De boer keek om zich heen. Misschien ging hij alle geschikte plekken langs die hij kon bedenken, misschien was hij op zoek naar een smoes om hem af te poeieren. Toen spreidde hij zijn armen en zei: 'Hier in de schuur? Dit is alles wat ik je kan bieden.'

'Ik betaal ervoor,' zei Albert. Eigenlijk bedoelde hij: ik heb honger, heeft u misschien iets te eten?

De boer leek hem te begrijpen. 'Voor twee mark mag je in het hooi slapen en ik zal mijn vrouw vragen of er nog wat over is. Je zult wel honger hebben.'

Toen hij de volgende ochtend wakker werd, lag hij rug aan rug met een schonkige koe. Snel maakte hij dat hij wegkwam. Het beest had hem kunnen pletten!

In de keuken van de boerderij kreeg hij thee en brood met kersenjam.

De boerin vroeg hem vriendelijk waar hij vandaan kwam en hoe het daar was. Hij besefte dat hij daar maar weinig van wist. Sneeuwde het in Nederland ook? Hadden ze daar nog witbrood en zelfgemaakte jam van kersen uit eigen boomgaard?

Hij betaalde de boer de afgesproken twee mark en liep naar de vrachtwagen die midden op de weg stond te druipen in de smeltende sneeuw. Het hout brandde snel. Hij warmde zijn handen aan de ketel en keek naar de lucht. Die was leeg. Er was geen enkele reden om hier te blijven. Toch had hij weinig zin om weer op weg te gaan met de lading die hem medeplichtig maakte aan een oorlog waar hij niet om had gevraagd. En waarom zou hij zich vrijwillig als doelwit laten gebruiken? Rotvrachtwagen! Hij gaf een schop tegen het voorwiel alsof dat er iets aan kon doen. Met een laatste blik naar de lege lucht kroop hij weer achter het stuur en hervatte de tocht.

Hij reed door een grijze wereld waaraan alle kleur onttrokken was. Hij reed langs puinhopen die ooit een stad geweest moesten zijn. Düsseldorf? Werkelijk alles was grijs.

Tot zich een piepklein rood vlekje meester maakte van de grijze wereld. Dat vlekje knipperde aan en uit op het dashboard van de Opel. Was er iets kapot? Was dit een waarschuwingssignaal? Ja, vermoedelijk waarschuwde dit lampje tegen een te laag oliepeil. Motorolie, had hij die bij zich? Nee, waarschijnlijk niet. Wat kon er misgaan? Een motor zonder olie kon in de soep lopen. Kon hem dat eigenlijk wel iets schelen? Dit was niet zijn auto, niet zijn wereld, niet zijn oorlog. Hij reed door en probeerde het geknipper te negeren. Dat viel niet mee. Hij bedekte het lampje met zijn pet. Nu zag hij niets meer. Maar het lampje was er nog wel. Het ging aan en uit en maakte hem kwaad. Hij trapte het gaspedaal diep in. Dat ratelende geluid, had hij dat al eerder gehoord? Eindelijk was hij de steenhopen en brokstukken voorbij. Hij vond de rivier en liet zich leiden. Tot in een dorp de doorgaande weg was versperd en hij gedwongen werd om met een veerpont naar de andere rivieroever over te steken.

'Dat klinkt niet goed, daar onder je motorkap,' zei de veerbaas hoofdschuddend.

Hij deed of hij het niet had verstaan. Aan de andere kant van de Rijn vulde hij de ketel. Nog steeds was hij vervuld van woede. Het liefst had hij de lading ergens willen dumpen. Alles beter dan dat er vliegtuigen van werden gemaakt. Maar waar moest hij dat doen? En waar moest hij dan zelf naartoe? Vluchten naar Nederland? In de barakken werden wilde verhalen over vluchters verteld. Het waren geen succesverhalen. De meeste vluchters werden opgepakt en in nog veel strengere werkkampen gestopt. Werkkampen waar zo hard moest worden gewerkt dat mensen er dood bij neervielen. Het waren verhalen, maar toch...

Het geratel onder de motorkap werd luider en luider. De tandwielen hadden het moeilijk. Het kon hem niets schelen. Hem viel niets te verwijten. Hij deed niets en dat bleef hij doen tot de Opel zelf besliste wat er ging gebeuren.

Bij een tankstation kocht hij vier zakken hout. Toen hij in een van de zakken keek zag hij hout van slechte kwaliteit dat ook nog eens vochtig en beschimmeld was. Hier zou de gasgenerator slecht op branden.

Gelukkig had hij nog een volle zak met droog eikenhout over. Genoeg om thuis te komen. Gelukkig? Thuis? Wat maakte het hem eigenlijk uit of hij Rüsselsheim zou halen of niet? En wat nou, thuis? Thuis was Maassluis. Daar wilde hij naartoe.

Hij klom in de cabine, startte, gaf gas en liet de koppeling opkomen. Eerste versnelling: geratel. Tweede versnelling: geratel.

Derde versnelling... hij dacht aan ontsnappen. Rechtsaf en dan een paar honderd kilometer. Dan was hij echt thuis. Nee, onmogelijk. Hij maakte geen schijn van kans om ongezien in een Opelvrachtwagen naar huis te rijden.

Plotseling klonk er een oorverdovend geraas onder de motorkap en werd de aandrijving totaal geblokkeerd. Een paar horten en stoten – Albert trapte snel het koppelingspedaal in – en de Blitz gleed nog net lang genoeg door om de kant van de weg te bereiken.

Hij stapte uit en liep om de wagen heen. Hij wist wat er was gebeurd, dit was een duidelijk geval van een vastloper. Door een tekort aan smeerolie waren de cilinders vastgelopen. Daar was niets meer aan te doen. Toch deed hij de motorkap open en haalde de peilstok omhoog uit het motorblok. Droog.

Wat nu? Het laten drooglopen van een motor was voor een chauffeur de allerergste misdaad. Bij een vastloper trof maar één iemand schuld: de chauffeur. Hij zou ongenadig op zijn kop krijgen. Op zijn best zou hij worden ontslagen en teruggestuurd naar de wc's. Mocht dat werkelijk gebeuren dan zou hij samen moeten opwerken met het Russische meisje dat zijn werk van hem had overgenomen. Hoe heette ze ook alweer? Olga? Ze was hem dankbaar geweest.

Zacht neuriede hij het melodietje van zijn favoriete heimweelied:

Zum Abschied reich' ich dir die Hände.
Und sage leise, "auf Wiedersehn".
Ein schönes Märchen geht zu Ende.
Und war doch so schön.

Hij dacht aan Olga's lange blonde haren en voelde zich schuldig dat haar beeld voor dat van Marie geschoven was. Maar hoe hij ook aan Marie dacht met haar grote ogen en haar zwarte krullen, ze bleef een vage vlek.

Toen lukte het hem de sprookjes van zich af te schudden en begon hij een plan te bedenken. Ook al was hij niet van plan ooit nog naar Rüsselsheim terug te gaan, zijn nalatigheid moest worden gemaskeerd. En daarvoor had hij olie nodig. In de verte lag een boerderij. Hij wandelde ernaartoe en vroeg de boer om motorolie.

'Heb ik niet,' zei de boer.

'Het mag ook gebruikte olie zijn,' probeerde Albert.

De boer ging hem voor naar zijn werkplaats en wees hem op een teil zwarte smurrie. 'Heb je daar wat aan?'

'Ja, dat is prima spul,' zei Albert. Hij keek om zich heen, zag een paar lege verfblikken en vroeg: 'Kunt u misschien zo'n blik missen?'

'Ga je gang.'

Hij vulde het blik. Hij wilde de boer bedanken en vragen of hij hem iets schuldig was. Maar de boer liet zich niet meer zien.

Terug bij de Opel draaide Albert de dop van het motorblok los en goot de zwarte substantie naar binnen. Met een klap gooide hij de motorkap dicht. Daarna wachtte hij een paar minuten en stapte toen in om een laatste poging te doen om de motor te starten. Vergeefs. Hij had ook niet anders verwacht.

Hij stapte uit, deed de cabine op slot en begon in de richting van de stad te lopen die hij in de verte zag liggen: Keulen. Al lopend voelde hij een wonderlijke bevrijding. Zonder de vrachtwagen en zijn lading was hij een gewone jongen die aan het wandelen was in een wit landschap. Hij kon gaan en staan waar hij wilde. Als het moest, liep hij de hele weg naar Maassluis. Of hij kocht gewoon een treinkaartje en stapte op de trein. Ook al waren alle verloven ingetrokken, er gingen vast wel eens vaker mensen de grens over.

Een achteropkomende vrachtwagen stopte naast hem.

'Wil je meerijden?' vroeg de chauffeur.

Hij knikte en wilde instappen.

'Achterop,' zei de chauffeur. 'Hou je ogen en oren open.'

Albert klom op de laadbak en nestelde zich tussen de lading die bestond uit lange planken, balken en een paar houten kozijnen.

De hele weg naar de stad Keulen keek hij naar de lucht. Maar geen enkel Amerikaans of Engels jachtvliegtuig vertoonde zich. Vandaag was het vrede.

Ze stopten bij een fabriek-in-aanbouw in een Keulse buitenwijk. Albert sprong op de grond en bedankte de chauffeur. Die wees naar een grote groep arbeiders en zei: 'Er werken hier veel Hollanders.'

Na een paar geschreeuwde commando's maakten een paar mannen zich los van de groep en kwamen op hem toelopen. Ze begonnen de vrachtwagen te lossen.

'Waar kom jij vandaan?' klonk het plotseling in het Nederlands.

'Ik werk bij Opel in Rüsselsheim,' antwoordde Albert.

'Ik bedoel in Nederland,' zei de man die hem had aangesproken.

'Maassluis.'

'Heb je iets te eten bij je?'

Albert schudde zijn hoofd. Nu zag hij pas hoe mager de

man was. Hij keek van de man naar de groep. En toen naar de mannen met de honden en de geweren op de hoeken van het bouwterrein. Hier was geen ontsnappen mogelijk.

'We zijn hier met een hele groep uit Amsterdam,' zei de man. 'Heb je verlof of ben je op de vlucht?'

'Ik moet naar het station,' zei Albert terwijl hij zich afvroeg of deze Amsterdammer gedachten kon lezen.

'Mijn beste vriend heeft vorige week de kuierlatten genomen. Hij kon er niet meer tegen. Maar hij is niet ver gekomen. Ze stuurden hem een paar kogels achterna.' Hij wees naar een van de bewakers. 'Heb je sigaretten?'

Albert haalde zijn laatste pakje uit de zak van zijn jack en stak het de man toe. 'Hier, hou maar.'

'Bedankt.'

Op het station van Keulen kocht Albert een enkeltje naar Rüsselsheim. Zijn plan om stiekem in een trein naar Nederland te stappen liet hij varen.

In Rüsselsheim wandelde hij de honderd meter van het station naar de fabriekspoort. Daar meldde hij zich bij de portier. 'Ik kom voor meneer Nauheimer, chef expeditie. Mijn wagen is kapot.'

'Je kent de weg.'

De weg naar het kantoor was lang. Met elke stap die hem dichter bij zijn chef bracht, zakte de moed hem verder in de schoenen. Maar er was geen weg terug. Hij moest eerlijk opbiechten wat hem was overkomen.

'Meneer Nauheimer?'

'Fahrer Van Dam, wat kan ik voor je doen?'

Albert vertelde over de vastgelopen motor en dat hij de wagen aan de kant van de weg had laten staan.

Nauheimer luisterde. 'Wat kan er zijn gebeurd? Had je het oliepeil gecontroleerd?'

'Ja,' loog Albert. 'Er zit olie genoeg in.' Dat laatste was de waarheid.

'Ik zal mensen sturen om de auto op te halen. Waar heb je geslapen? Heb je bonnen?'

Albert schudde zijn hoofd. 'Ik heb bij een boer geslapen. Voor twee mark heeft hij me ook te eten gegeven.'

'Van Dam, je weet dat ik dat niet wil hebben. Een chauffeur van Opel slaapt in een hotel. Op die manier gooi je onze goede naam te grabbel. En er is nog iets: ik heb klachten over je gekregen. Je hebt al een paar keer mensen geholpen met verhuizen. Klopt dat?

Albert knikte. 'Ja, dat klopt.'

'Je hebt ook al een paar keer pakjes en persoonlijke eigendommen van Opelmedewerkers meegenomen en onderweg afgeleverd.'

Albert knikte weer. 'Als iemand zegt dat ik dat moet doen kan ik moeilijk weigeren.'

'Mijn collega Schumann heeft zich daarover beklaagd. Hij zegt dat je je laat gebruiken door mensen die daartoe niet het gezag hebben.'

'Ik zal het niet meer doen.'

'Dat vraag ik niet van je. Het is een goede instelling om anderen te helpen. Toch zal ik je moeten straffen. Voor straf mag je twee weken het terrein niet af. Niet voor je werk en niet in je vrije tijd. Het spijt me.'

Albert keek naar zijn chef. Op de hele fabriek was meneer Nauheimer de enige die zoiets kon zeggen. Hij leek het heel vervelend te vinden om zijn ondergeschikten te straffen.

'Help je collega's met laden en lossen. Verder doe je alle ritten op het terrein. Als je een wagen nodig hebt, kun je de sleutels komen halen van nummer 3. Die loopt gewoon op benzine. Dat scheelt een hoop gedoe op die korte ritjes. Als je niks te doen hebt, kom je je melden. En als iemand je hulp vraagt, kom je eerst vragen of het mag.'

80

'Dat beloof ik,' zei Albert en hij liep het kantoor uit. Terwijl hij naar het barakkenkamp liep, dacht hij aan Schumann, de man die hem had verraden. Schumann was de eerste die Albert iets had geweigerd. Hij had de man een keer geholpen met het vervoeren van een zware kist. Een week later eiste de man dat hij hem opnieuw zou helpen. Nu stonden er vier kisten klaar in een donker hoekje van de opslagloods. Omdat de toon van de man Albert niet aanstond had hij gevraagd: 'Wat zit erin?'

'Dat gaat je niets aan,' had de man geantwoord. 'Voor anderen neem je ook dingen mee. Nu help je mij.'

'Nee,' had Albert geantwoord. En hij was weggelopen. Uit wraak had Schumann blijkbaar over hem geklaagd bij Nauheimer. Die was daardoor natuurlijk in verlegenheid gebracht. Het verbod dat hij Albert had opgelegd leek meer voor de vorm dan dat het was bedoeld als een echte bestraffing.

Drie dagen later zag Albert tot zijn schrik Opel nummer 22 met open motorkap voor de werkplaats staan. Nauheimer keek er persoonlijk op toe dat het oliepeil werd gecontroleerd.

Het zweet brak Albert uit. Zou Nauheimer ontdekken wat hij had gedaan? Om geen argwaan te wekken liep hij met zijn handen in de zakken naar zijn eigen wagen en vroeg langs zijn neus weg: 'Snapt u nou hoe dat gekomen is?'

Nauheimer schudde zijn hoofd. Hij keek naar de peilstok en zei: 'Aan de olie ligt het niet. We zullen er een andere motor in zetten. Over een dag of twee heb je je wagen weer terug.'

Met een zucht van verlichting maakte Albert zich uit de voeten.

De daaropvolgende dagen maakte Albert zich nuttig op het terrein van de fabriek. Hij reed rond van werkplaats naar opslagloods en van magazijn naar montagehal. Als hij niets te doen had, hielp hij Günther in de houtkelder. En als niemand op hem lette, ging hij naar de vliegtuigen kijken in de grote hal van de fabriek. Hier kon hij zien hoe alle losse onderdelen die hij zelf had helpen aanvoeren, in elkaar werden gezet. Erg snel ging het allemaal niet, de automonteurs leken weinig ervaring te hebben met het bouwen van vliegtuigen.

In hun eenvoud zagen de toestellen er onschuldig uit. Het was haast niet voor te stellen dat deze Junkers ooit zouden opstijgen om kwaad aan te richten. Ze deden Albert denken aan de mislukte vliegers die hij in zijn jeugd had gemaakt. Die waren ook mooi om te zien, maar vliegen deden ze niet.

Opgesloten in de fabriek dacht Albert steeds minder vaak aan thuis en steeds vaker aan eten. Als hij de kans kreeg, stal hij eten uit de kantinekeuken waar hij als een van de weinige buitenlanders mocht komen. Dat eten verdeelde hij onder de jongens in zijn barak. Zelfs Cor Snip was hem er dankbaar voor en behandelde hem met een zeker respect.

Bijna elke nacht werden ze door de sirenes hun bed uitgejaagd. Erg op zijn gemak voelde Albert zich niet in de grote betonnen buizen die hem deden denken aan rioolpijpen. Gebukt zaten ze schouder aan schouder op de smalle bankjes te wachten tot het sein *veilig* werd gegeven. Maar was het hier wel veilig, in die buizen, met hun houten deuren?

Aad van Rijn was zo aardig Alberts sokken te stoppen en zijn laatste broek te vermaken. Het ding slingerde veel te wijd om zijn magere heupen. Het was ook Aad van Rijn die op een zaterdag thuiskwam met een pakje voor Albert, uit Maassluis.

Toen Albert het papier van de schoenendoos had gescheurd, kwamen er een potje stroop, een pak griesmeel, een pak havermout, ondergoed en twee zakdoeken tevoorschijn.

'Hier,' zei hij tegen Aad en hij legde het pak havermout op

tafel. Voor Aad was eten alles en Albert zelf hield niet zo van havermoutpap.

'Dank je,' zei Aad en hij keek verlekkerd naar de strooppot.

'Goed,' zei Albert. 'Neem er maar wat van.'

'Fahrer Van Dam, ik heb je nodig,' zei Nauheimer halverwege Alberts straftijd. Hij wees op een paar dozen en vertelde waar hij die moest afleveren: een wit woonhuis even buiten Frankfurt.

'Hier, voor de moeite,' zei hij en hij stopte Albert twee pakjes sigaretten en een vette Duitse worst toe.

Op het aangegeven adres werd Albert vorstelijk ontvangen door Frau Nauheimer.

'Heb je al iets gekregen?' vroeg ze vriendelijk.

Hij schudde zijn hoofd en kreeg een verrukkelijk stuk appeltaart en uit een van de dozen nog een vette Duitse worst die zijn chef zeer waarschijnlijk uit de fabriekskeuken had gestolen.

'Danke,' zei hij.

In de barak deelde hij een worst met zijn maten. De andere stopte hij in zijn koffer. Voor later.

Diezelfde nacht werd Albert van zijn bed gehaald.

Nauheimer is er gloeiend bij, was het eerste wat hij dacht. Maar hij had het mis. Twee gewapende mannen in uniform namen hem mee naar de plek waar de vrachtwagens geparkeerd stonden.

'Instappen,' zeiden ze.

Ze reden de donkere nacht in. De soldaten wezen de weg. Eerst had Albert geen idee waar de tocht heen ging, maar na een poosje kreeg hij een vermoeden. Hij had hier eerder gereden. Deze weg leidde naar het huis van Schumann.

Toen ze bij Schumanns huis aankwamen zag Albert dat Schumann werd afgevoerd en door twee militairen in een auto werd geduwd.

Nadat Albert de Opel voor de voordeur van het huis had geparkeerd, kreeg hij te zien waarom hij er midden in de nacht op uit moest. De vloer van Schumanns huis was opengebroken. Van onder die vloer kwamen kisten te voorschijn. Albert kon wel raden wat er in die kisten zat: gestolen gereedschap.

Terug in de fabriek moest Albert helpen om alle gestolen waar op de vloer uit te spreiden. Een Duitse politieman nam er foto's van.

'Je kunt gaan,' zei de man toen ze klaar waren.

Opgelucht liep Albert terug naar zijn barak. Hij was blij dat hij buiten schot was gebleven en dat het Schumann was die was opgepakt en niet Nauheimer.

Om de anderen niet wakker te maken, sloop Albert door de barak naar zijn bed in de hoek. Hij viel als een blok in slaap.

'Ab, Ab!'

Albert probeerde de hand die op zijn schouder beukte van zich af te schudden.

'Ab, kom op! Het gaat gevaarlijk worden.'

Hij herkende de stem van Aad. Wat moest die jongen van hem?

'Laat me nou,' kreunde hij. 'Ik slaap nog maar net.'

Maar Aad liet hem niet. Hij trok zo hard aan zijn armen dat hij moest uitkijken om niet uit het bed te vallen. Toen keek hij in het gezicht van Aad van Rijn en zag dat het hem ernst was. Achter Aad aan holde hij naar de schuilbuizen aan de rand van het barakkenterrein. Ze kropen naar binnen en sloten de deuren achter zich. Ze luisterden naar het vliegtuiggeronk. Albert sukkelde tegen Aads schouder in slaap. Niet voor lang want al snel klonken er doffe dreunen, harde knallen en oorverdovend gekraak. Sommige jongens wilden naar buiten om te kijken wat er gebeurde, maar anderen hielden hen tegen.

Toen ging er plotseling een schokgolf door de buis. Het leek of alle zuurstof in één klap was verdwenen. Nu moesten ze hun schuilplaats wel verlaten. Hoestend en hijgend kropen ze de buis uit.

Albert kon zijn ogen niet geloven. Ze stonden in een mistig, grijs landschap. In de verte knetterde een groot onzichtbaar vuur. Waren dat de barakken?

Er werd geschreeuwd en gehuild. Sommige schuilplaatsen waren door een verzengend vuur getroffen. Geen van de mannen die daarin had geschuild, kwam levend naar buiten.

'Het is niet zo erg,' zei Cor Snip, 'het zijn alleen maar Russen die de pijp uit gegaan zijn.'

'Hadden die Engelse piloten niet een beetje beter kunnen mikken?' zei Koos. 'Ik neem aan dat ze het hadden gemunt op de fabriek en niet op onze barakken.'

Machteloos moesten ze toekijken hoe hun eigen barak tot aan de grond toe afbrandde. Ze hielden zich groot. Ze deden stoer om niet te hoeven beseffen dat hun laatste bezittingen in rook opgingen.

Albert voelde in zijn binnenzak. Daar vond hij het kentekenbewijs van zijn Opel, zijn bijbeltje, een bonnenkaart, zijn opschrijfboekje, twee brieven van thuis en acht briefjes van tien.

'Kijk,' zei hij. 'Dit is alles wat ik nog heb.'

'Wees maar blij, Ab,' zei Aad. 'Dat scheelt je een hoop gesjouw.'

Albert gaf hem een duw. 'Als je het nog eens waagt om me wakker te maken...' Maar eigenlijk bedoelde hij: Aad, bedankt dat je mijn leven hebt gered.

Uiteindelijk kwam de zon op en doofde het vuur. De kampbewaker kwam orders uitdelen. De overgebleven barakken moesten voorlopig plaats bieden aan twee keer zoveel mensen. Er moest meteen worden begonnen met het herstel van de halfverbrande barakken en de bouw van een paar nieuwe. De lijken moesten worden geruimd. De bewaker keek in Alberts richting. 'Jij,' zei hij. 'Kom eens hier.'

Albert deed een paar stappen naar voren. Zijn maten maakten zich uit de voeten.

'Haal je vrachtwagen.'

Toen Albert terugkwam met de Opel dirigeerde de bewaker hem in de richting van de uitgebrande schuilplaats. Langzaam drong het tot hem door wat de bedoeling was. Hij moest de Russen helpen om hun omgekomen landgenoten te begraven. Een voor een werden de doden tevoorschijn gehaald uit de betonnen koker waarin ze zich veilig hadden gewaand. De aanblik van de lichamen was ondraaglijk. Vanuit de verte zagen ze eruit als zwarte staketsels. Van dichtbij kregen ze hun menselijke gedaante terug en was hun doodsstrijd af te lezen op wat er van hun gezichten was overgebleven. Het leek alsof het vuur en de dood een grimas maakten naar de overlevenden: niemand zal aan onze greep ontkomen. Maar het allerergst was de stank.

'Helpen!' riep de bewaker naar Albert die roerloos achter het stuur van de Opel was blijven zitten. Hij vermande zich en klom uit de wagen. Net als de anderen bond hij een lap voor zijn neus en mond en deed hij een paar handschoenen aan. Een voor een werden de doden op de laadvloer gelegd. Stapvoets reed hij hen naar hun laatste rustplaats achter op het barakkenterrein.

'Schiet eens een beetje op!' schreeuwde de bewaker. Albert beet zijn kaken op elkaar. Was er in oorlogstijd geen enkel respect voor de doden? Hij keek toe hoe de Russen hun landgenoten aan de aarde toevertrouwden. Wat hadden zij van het leven verwacht? Niet dit! Wie wachtte op hen in het verre Rusland? Moeders, vaders, zussen, broers, vriendinnen? Zou iemand hun ooit vertellen dat dat wachten vergeefs was?

Nee, vast niet. Hun twijfel, hun angst, hun hoop zou eeuwig duren.

In hun nieuwe barak deelde Albert zijn zorgen met de andere jongens. Cor Snip lachte zijn bekommernis om de doden weg. Maar met Aad van Rijn en Koos Koekoek wisselde hij de adressen van het thuisfront uit.

'Als mij wat overkomt, wil jij dan mijn familie waarschuwen, Ab?' vroeg Aad.

'Hoe dichter de bevrijding nadert, hoe meer dood en verderf er wordt gezaaid,' zei Cor Snip cynisch. 'Wij zullen de vrijheid met de dood moeten bekopen.'

Het waren ware woorden die Cor sprak. Geen van hen had daar nog iets op te zeggen.

Een paar dagen later zag hij Olga lopen. Ze had een schamel bosje bloemen bij zich. Hoe was ze daaraan gekomen? Albert begreep onmiddellijk wat ze ging doen. Ze ging bloemen leggen op het graf van haar omgekomen landgenoten. Dat maakte hem blij. Gelukkig waren er ondanks de oorlog nog mensen die iets voelden en dat gevoel ook wisten uit te drukken.

Toen hij haar later weer zag lopen, waren haar handen leeg. Ze hadden niet leger kunnen zijn, zo verdrietig hingen ze naast haar smalle heupen.

Ze fleurde op toen ze hem in de deuropening van de barak zag staan.

Albert wist niet goed wat hij moest zeggen. Hij had geen troost. Die had hij nooit gehad. Thuis had nooit iemand hem getroost. Een beetje teleurgesteld liep ze door.

Diezelfde avond – in hun nieuwe barak – schepte Koos Koekoek op: 'Jongens, moet je eens horen, ik heb me toch een leuke meid versierd. Het is een Russische. Maar wat maakt dat uit? Ik zei tegen haar dat ik wel wat met haar wilde. En weet je wat ze zei? "Ja, dat is goed, want die Blitzjongen wil toch niet met me gaan." 'Dus, Albert' – hij zei het zonder Albert aan te kijken – 'ik neem aan dat je het niet erg vindt dat ik de kaas van je brood eet?'

Vreemd genoeg dacht Albert eerst aan brood met kaas en toen pas aan Olga, het meisje dat hij kennelijk had laten lopen.

'Ik snap er niks van,' zei Albert. 'Je gaat je verloving toch niet op het spel zetten voor een vriendinnetje hier in Duitsland? Het is oorlog!'

Even keek Koos hem verbaasd aan. Toen zei hij: 'Albert, jongen, je zit er weer eens helemaal naast. Juist omdat het oorlog is maakt het allemaal niks meer uit. Het gaat erom wat je er vandaag van maakt. Of er nog een toekomst is, zien we later wel.'

Het waren niet alleen de barakken en de schuilbuizen die waren geraakt, ook de montagehal had een voltreffer gehad.

Albert ging er een kijkje nemen. De eerste Junkers toestellen stonden fier op hun poten, neus in de lucht.

'Hé, wat doe je daar?'

Geschreeuw, geklak van soldatenlaarzen. Plotseling werd hij vastgegrepen.

'Meekomen!'

Geüniformeerde mannen sleurden hem mee. Trappen op, een kantoor in.

'Herr Lieberman, we hebben hem.'

Lieberman. Die naam kwam Albert bekend voor. Hadden de jongens het onder elkaar niet over hem gehad? Lieberman, de beul. Lieberman en zijn martelkamer.

De man achter het bureau zag er niet erg vriendelijk uit. Zijn hangwangen gaven hem bulldogachtige trekken.

'Naam?'

'Van Dam, Albert.'

'Geboren?'

'In Maassluis.'

Geritsel van papieren. 'Vader vastgezeten in Scheveningen.'

Het verbaasde Albert zowel dat de man het woord Scheveningen goed kon uitspreken als dat hij alles bleek te weten over zijn familie.

'Wat heb je te maken met de bombardementen?'

'Hoe bedoelt u?'

'Ik stel hier de vragen. Geef antwoord.'

Hoe kon Albert een vraag beantwoorden die hij niet begreep?

Een vingerknip.

De mannen in de uniformen namen hem mee naar een afgelegen kamer waarin alleen een tafel en een stoel stonden. Hij mocht gaan zitten. Een van de mannen hield hem een pakje sigaretten voor.

Hij stak op en zoog de warme rook naar binnen. Toen hij uitblies kringelde de rook langzaam omhoog naar het enige raampje dat licht toeliet in de kamer. Albert rilde. Was dit de veelbesproken martelkamer?

'Vertel wat je weet.'

'Ik weet niks.'

'Wat deed je bij de montagehal?'

'Kijken.'

'Waarom, wat had je daar te zoeken?'

'Niks.'

'Wat deed je daar dan? Niemand loopt hier op het terrein zomaar wat rond te niksen.'

'Ik ben chauffeur. Soms heb ik even niks te doen en dan...'

'Je houdt je van de domme. Goed, dan laten we je een poosje alleen. Denk maar eens rustig na.'

Ze lieten hem inderdaad alleen. Albert pijnigde zijn hersens. Waarvan werd hij verdacht? Werkte hij niet hard genoeg? Probeerde iemand hem iets in de schoenen te schuiven?

Hij sliep een onrustige slaap in een hoekje op de grond. Toen hij zijn plas niet langer kon ophouden, plaste hij in de wasbak. Om de honger te verdrijven stopte hij een sigaret in zijn mond en kauwde er langdurig op.

Toen de deur eindelijk openging, wist hij niet of het dag of nacht was.

Het was Lieberman. De man ging tegenover hem staan en keek hem langdurig aan. Na een poosje kon Albert de ijskoude blik niet meer verdragen en sloeg zijn ogen neer.

'Kijk me aan!' klonk het streng. 'Vertel wat je weet. Op welke manier heb je de geallieerden ingelicht over onze werkzaamheden?'

Albert kon niet anders doen dan ongelovig terugkijken. Hoe kwamen ze op het idee dat hij, een onnozele Hollander, een spion was? Hoe kon hij deze man ervan overtuigen dat hij werkelijk niets wist?

Kennelijk sprak er zoveel onschuld uit zijn blik dat het nu Lieberman was die zijn ogen afwendde. 'Je kunt gaan,' zei hij. 'Maar ik wil je daar niet meer zien.'

Buiten ademde hij de vrijheid in. De vrijheid van de slaaf.

In de barak smeekte hij de keukenhulp om iets te eten en te drinken. Met moeite wist hij een stuk brood en een kop slappe koffie los te krijgen.

Hij ging op bed liggen en huilde zich in slaap.

Uren later werd hij wakker van harde stemmen. Toen hij zich oprichtte, zei Cor Snip: 'Lekker geslapen, luiwammes? Iedereen hier werkt zich kapot, maar ons chauffeurtje slaapt een gat in de dag.'

In Albert knapte iets. Wat had het allemaal nog voor zin? De Duitsers gingen de oorlog winnen. Met hun bommenwerpers zouden ze de hele wereld vernietigen. En hij, Albert, werkte daaraan mee! Hij zou Nederland een dienst bewijzen als hij doodging van honger en ellende. Beter dat dan overleven en meedraaien in de oorlogsmachine die Duitsland heette.

Toen zag hij pas dat de anderen in de barak hem aankeken alsof hij hun een verklaring schuldig was. Hij haalde zijn schouders op en zei: 'Ach, het heeft allemaal geen zin meer.'

'Kom op, Ab, die oorlog kan nooit lang meer duren,' zei Aad van Rijn. 'Hoe meer bommen we op ons kop krijgen, hoe beter het is.'

'Kunnen die Lancasters niet wat gerichter gooien?' Koos Koekoek sloeg met zijn vuist op tafel alsof hij daarmee de goede plek wilde markeren.

'Ik snap iets niet,' zei Cor Snip. 'Ik dacht dat Appie zo'n gelovige jongen was. God staat toch aan jouw kant?'

Albert zei niets. Maar hij voelde meteen dat Cor een rake klap had uitgedeeld. Een christen heeft steun aan zijn geloof. Maar hoe kon hij geloven in een God die het ontstaan van zo'n verschrikkelijke oorlog toestond?

De volgende dag hielp Günther hem met een nieuwe houtvoorraad.

'Je kijkt niet erg vrolijk,' zei Günther.

'Dat kan kloppen,' zei Albert. 'Ik wou dat die oorlog eindelijk eens afgelopen was.'

'Ik ook,' zei Günther. 'Zodra de vrede wordt getekend, is het grote Duitse Rijk een feit. Zo erg is het voor de Hollanders toch niet om voortaan bij Duitsland te horen? Kijk naar jezelf, Albert, je spreekt vloeiend Duits. Zou het nou zo heel erg zijn als Nederland voor altijd Duits werd? Dan kun jij weer naar huis en dan kan mijn vader ook weer thuiskomen. Neem je weer een keer iets lekkers voor me mee?'

Albert keek naar de jongen die door iedereen voor gek versleten werd en zei: 'Ja, dat zal ik doen.'

Eindelijk mocht Albert weer de weg op. Hij stapte in zijn eigen Opel nummer 22. Er was een nieuwe motor in gezet. Hij kreeg een rit naar een dorpje vlak over de Poolse grens. Daar moest hij vliegtuigonderstellen ophalen. Hij kwam terecht in een wonderlijke fabriek die aan de rand van een bos gelegen was. De wagen werd geladen door uitgemergelde mannen in smerige kleren.

'Wat is dit hier?' vroeg hij aan een van de mannen.

'Niet met de gevangenen praten!' beet een Duitse bewaker hem toe. 'En waag het niet om in de fabriek te komen.'

Toen de vrachtwagen vol was en de Duitser even niet keek, fluisterde een van de mannen hem in het oor: 'Het is een strafkamp. We zitten hier met een paar duizend man, allemaal krijgsgevangenen, communisten en zigeuners. Heb je iets te roken?'

Albert gaf de man alle sigaretten die hij bij zich had.

Op de terugweg kon hij de smalle gezichten met de dode ogen niet van zich afzetten. Wie waren die mensen? Wat deden ze daar?

Eenmaal terug in de barak in Rüsselsheim bleven de mannen door Alberts hoofd spoken.

'Je moet niet zo klagen,' zei hij tegen Cor Snip. 'Er zijn altijd mensen die het nog veel slechter hebben dan wij.'

'Gaat Appie uit Maassluis ons de les lezen?' schamperde Cor.

Aad van Rijn probeerde de boel te sussen. 'Albert was er niet, Cor. Hoe kon hij weten dat we ondertussen op rantsoen zijn gezet? Eén keer brood per dag. En we gaan terug naar één opscheplepel warm eten in plaats van twee. Als je hele goeie ogen hebt, kun je soms nog een kruimel aardappel tussen de smurrie ontdekken.'

De zomer bracht hordes vlooien en luizen. De jongens in de barakken scheerden elkaars hoofd kaal en bij zichzelf het schaamhaar. Ze wasten hun kleren en stopten vers stro in hun beddenzakken. Maar het lukte hun niet om van het ongedierte af te komen.

Op een nacht werd Albert wakker van een radeloos rondtollende Aad van Rijn in het bed onder hem.

'Aad, niet krabben,' zei Albert in het donker.

'Maar ik word gek van die beesten!'

'Wil je van bed ruilen?' stelde Albert voor.

Aad zag er niets in. 'Wat maakt dat nou uit?'

De volgende ochtend zaten Albert en Aad op het bed van Aad met hun blote voeten op de grond.

'Moet je nou eens kijken,' zei Aad. Hij wees naar Alberts benen waarop geen vlo te zien was en toen naar zijn eigen benen die werden besprongen of ze van snoepgoed waren.

'Je ziet het,' zei Albert lachend. 'Mij lusten ze niet. Laat mij vannacht maar onder slapen.'

'Als je wilt kan ik je kleren verstellen,' zei Aad die kennelijk iets wilde terugdoen.

'Ik heb helemaal geen sokken meer,' zei Albert. 'Als ik met blote voeten in mijn schoenen loop, krijg ik overal blaren.'

'Dat los ik wel op,' zei Aad.

Een paar dagen later kreeg Albert twee sokken die Aad had gemaakt van aan elkaar genaaide lappen stof.

'Meneer Nauheimer, mag ik u iets vragen?' vroeg Albert.

'Ga je gang.'

'Waarom wilt u dat wij de vrachtwagens altijd op een rij zetten op het parkeerterrein naast de werkplaats?'

De chef keek Albert verbaasd aan en zei toen schouderophalend: 'Er moet nu eenmaal orde zijn. Maar waarom wil je dat eigenlijk weten?'

'Eén bom op de werkplaats en jullie zijn alle vrachtwagens kwijt.'

'Ja, daar zit wat in. Maar wat zou ik dan moeten doen?'

'Waarom laat u de chauffeurs hun vrachtwagens niet meenemen naar de plek waar ze slapen? Dan staan ze verspreid over het hele terrein.'

'Dus je bedoelt dat je je Opel wil meenemen naar je barak?'

Albert knikte. 'Daar staat hij veiliger dan hier.'

Nauheimer keek hem een poosje nadenkend aan en zei toen: 'We gaan het proberen.'

'Bedankt.'

Die avond reed Albert zijn Opel het barakkenterrein op.

'Wat krijgen we nou?' riep Cor Snip uit. 'Gaat ons chauffeurtje de mooie meneer uithangen met zijn grijze bolide?'

Albert liet Cor kletsen. Hij haalde hout uit een van de juten zakken en stookte er een vuurtje mee. Koos en Aad begrepen meteen wat de bedoeling was. Ze gingen op zoek en kwamen terug met een blik, een paar uit de keuken gejatte wortelen en een bos brandnetels. Het onkruid tierde welig op het terrein achter de barakken.

'Gaan jullie die troep werkelijk opeten?' vroeg Cor Snip met een stem vol walging. Maar toen de soep klaar was, proefde hij er gulzig van en humde daarbij instemmend.

'Moet je ons hier nu eens zien zitten,' zei Koos Koekoek. 'Wat een stelletje armoedzaaiers. Alles wat we hebben is een stel versleten kleren. Als ik in de spiegel kijk, herken ik mezelf totaal niet meer met dat smalle ingevallen bekkie.'

'Maar we leven tenminste nog,' zei Aad van Rijn.

Albert knikte. Ze leefden. Maar hoe lang nog? Hoe groot was de kans dat zij, als dagelijks doelwit van Spitfires en Lancasters, de oorlog zouden overleven?

Alberts volgende rit ging naar Plettenberg. Hij haalde hout in Günthers stookhoutkelder en meldde zich op het kantoor voor de vrachtbrieven. Toen hij met de papieren in de hand de deur wilde uitlopen, zei Nauheimer: 'Van Dam, bij luchtalarm wil ik dat je voortaan in de grote bunker gaat schuilen. Je bent chauffeur. Ik kan niemand missen. Begrepen?' Albert begreep het. Maar tegelijk dacht hij aan zijn vrienden in de barak. Wat zouden zij ervan zeggen als ze hoorden dat hij naar de bunker ging terwijl zij zich moesten schuilhouden in de betonnen buizen?

De weg naar Plettenberg kon hij wel dromen. Langs de Rijn omhoog en dan via Wuppertal, het plaatsje met de wonderlijke zweeftrein, naar de Plettenbergse staalfabriek.

Van het geld dat Nauheimer hem had meegegeven, kocht hij bij een bakker een zak krentenbollen. De eerste twee propte hij hongerig naar binnen. De rest zou hij bewaren voor de jongens. En niet te vergeten, zijn gekke houtkeldervriend.

Het was warm. Hij draaide zijn raampje open en neuriede het wijsje van *Ein schönes Märchen geht zu Ende*. Maar veel gedachten had hij er niet bij.

Op het moment dat hij de buitenwijken van Keulen binnenreed, werd zijn geneurie overstemd door het gebrom van vliegtuigen. Hij remde af en stak zijn hoofd uit het raam. Een formatie bommenwerpers zette koers richting stad. Hij bleef kijken alsof hij naar een film keek in het Luxortheater in Maassluis. Hij zag de bomluiken opengaan. De eerste lading bommen ontplofte lang voor ze de grond bereikten. Van een hele rij huizen vlogen de daken in de lucht. Toen volgde een tapijt van brandbommen. Ver voor hem ontstond een vuurzee.

Te laat kreeg hij in de gaten dat ook van achteren een formatie bommenwerpers de stad naderde. Vlak voor zijn ogen sloeg een ijzeren cilinder, die sterk aan een zuurstoffles deed denken, een groot gat in de weg. Een wolk van puin en stof steeg op. Met moeite kreeg hij de deur van de Opelcabine open. Een paar stappen en hij bereikte een openstaande poort. Vanuit zijn ooghoeken zag hij meerdere zuurstofflessen op zich afkomen. Hij was nog maar net door de poort heen of hij werd opgetild en meters verder neergesmeten in een hoek van het binnenplein. Een pijnvlaag schoot door zijn rug. Toen hij opkeek zag hij dat hij met zijn rug tegen de as van een handkar was aangeknald. Hij kon zich niet bewegen. Het was ook maar het beste om onder de kar te blijven liggen want vlak naast hem klonk een oorverdovend geraas. Het regende puin en brokstukken. En de bommen bleven komen. Langzaam begon hij te beseffen dat hier, op deze plek in Duitsland, zijn leven zou eindigen. Het puin, de bomscherven en het vuur zouden hem niet sparen. Alles om hem heen leek in te storten.

Na een poos hield het lawaai van de vliegtuigen op. Des te harder hoorde hij het breken van glas, het versplinteren van hout en het knetteren van vuur. Daarna begonnen de hoge schrille kreten van mensen tot hem door te dringen. Hadden zij, net als hij, het bombardement overleefd? Kon hij veilig onder de kar vandaan komen? De pijn in zijn rug was bijna ondraaglijk. Hij draaide zich op zijn zij en haalde het bijbeltje uit zijn binnenzak. Zonder precies te weten waarom hij het deed, pakte hij uit zijn andere zak een potloodje en schreef op het schutblad van het boekje: 'Voor Marie van der Knaap. Albert van Dam.'

Langzaam trok het gordijn van stof en puin op. Vanaf zijn plekje op de binnenplaats keek hij uit op een gebouw met vijf verdiepingen. Een bom had zich van boven naar beneden door alle verdiepingen heen geboord. De helft van het bouwwerk lag in puin. Voorzichtig kroop hij onder de kar vandaan en ging op zijn knieën zitten. Overal om hem heen lagen brokstukken. Ook de vloer van de kar lag vol. De handwagen had zijn leven gered. Hij probeerde of hij kon staan. Zijn rug hield het.

Toen keek hij naar zijn voeten. Waar waren zijn schoenen? Waar hij ook keek, ze waren nergens te vinden. Over het puin klom hij naar de poort waardoor hij de binnenplaats had bereikt. Voor de poort stond de Opel Blitz onder een dikke laag stof. Verder leek de vrachtwagen onbeschadigd. Hij liep naar de openstaande deur. Het leek of er een zandstorm had gewoed in de cabine. De zak met krentenbollen was verdwenen. Hij speurde om zich heen en zag de zak tot zijn verbazing tussen het puin liggen. Zelfs zijn lekkernijen hadden het bombardement doorstaan! Gelukkig maar, voor de jongens.

Omdat hij niet goed wist wat hij anders moest doen, begon hij de dikke laag stof van de Opel te vegen. Gelaten kwamen de mensen uit hun schuilkelders gekropen. Het was vreemd stil. De doden maakten geen geluid meer en de overlevenden begonnen de schade op te nemen.

Ook Albert maakte de balans op. Zijn kleren waren gescheurd. Zijn schoenen waren verdwenen. Maar hij leefde. De Opel was nog heel. Wat kon hij anders doen dan zijn weg vervolgen? Terwijl hij de ketel aanstak, keek hij rond. Overal puin. En tussen dat puin scharrelden mensen rond. Dit was de plek waar hij ternauwernood aan de dood was ontsnapt. En plotseling besefte hij dat hij wilde overleven. Hij wilde niet het slachtoffer worden van zoiets zinloos als een dood onder het puin. Hij wilde terug naar Maassluis om een nieuw leven te beginnen. Het liefst met Marie. Dan zou hij haar vertellen wat hij had meegemaakt. Dan zou hij haar uitleggen dat hij niet anders had gekund dan doen wat de Duitsers hem opdroegen.

Hij stapte in de Opel Blitz en startte de motor. Hij wierp een laatste blik op de binnenplaats waar hij had geschuild. Toen gaf hij gas.

Die hele rit dacht Albert aan de toekomst die hij was vergeten. Hij schudde de onverschilligheid en de roekeloosheid van zich af. Plotseling begreep hij wat er met hem was gebeurd. Een mens is dapper genoeg om angst te kunnen doorstaan. Maar als de angst te groot wordt, word je roekeloos. Of erger nog: onverschillig. Want er is een maximale hoeveelheid angst die een mens verdragen kan. Wat was er eigenlijk erg aan bang zijn? Wie in gevaar is, moet het gevaar onderkennen om te kunnen overleven. Angst hoort daarbij. Niet de verlammende angst dat alles verloren is, maar het doorlopende besef dat er elk ogenblik iets kan gebeuren. Hoeveel bommen er ook vielen, hoeveel keer hij ook werd beschoten, er was een kans dat hij het er levend van afbracht.

Toen de herfst van 1944 aanbrak, telde Albert de maanden dat hij van huis was. Het waren er vijftien. Sinds drie maanden kwamen er geen pakjes en brieven meer. Hoe minder hij hoorde, hoe meer hij aan thuis dacht. Was zijn gekke broer Piet wel veilig in de inrichting in Den Dolder? Zou zijn Duitse stiefmoeder wel goed voor zijn broers en zussen zorgen? En zijn vader, had die nog werk genoeg om aan de kost te komen? En Marie? Zou Marie…? Dacht ze nog aan hem?

Albert dacht aan hen allemaal. En hij dacht aan overleven. Hij scharrelde eten bij elkaar voor zijn vrienden in de barak. Bij boeren, onderweg, vroeg hij er beleefd om. In de keukens van kantines stal hij wat hij stelen kon. Van een boer kreeg hij een broek. Aan schoenen kwam hij door ze van de voeten te halen van een dode boer die naast zijn trekker lag. De dood was nooit ver weg. Hij schrok er niet meer van. Hij moest er zelfs een beetje om lachen dat hij nu in de schoenen stond van een Duitse boer. Ach, wat maakte het uit? Het Duitse volk werd net zo goed onderdrukt als het Nederlandse volk. Hoeveel Duitsers geloofden nog in een overwinning? Vast niet veel meer.

Toch leek er voorlopig geen einde aan de oorlog te komen. Bij vlagen trokken er vliegtuigen over. In zijn Opel Blitz trok hij door de gewonde stad Berlijn. Hij zag de gapende gaten en de moedeloos voortsjokkende Berlijners. Hij zag een gebroken volk. Maar er was nog altijd niemand die zei: 'Het is voorbij. Ga maar naar huis.'

Het werd december en Albert werd naar een cementfabriek in Heidelberg gestuurd. Hij reed in een konvooi met zes wagens. Er moest cement worden gehaald om de gebouwen die bij bombardementen beschadigd waren geraakt mee te repareren.

Albert reed voorop. Hij wist niet goed waarom. Misschien hadden de Duitse chauffeurs het idee dat de eerste wagen het eerste doelwit was?

Maar er werd niet geschoten. De beschietingen hadden al eerder plaatsgevonden. Voor hem strekte zich een lange weg uit die bezaaid was met autowrakken. Bulldozers waren bezig de wrakken opzij te duwen zodat de weg weer vrij was voor het verkeer.

Met hun konvooi zigzagden ze langs de zwartgeblakerde spookvoertuigen. Hier waren schutters in de weer geweest die wisten hoe ze hun doel moesten raken. Albert hield een oogje op de lucht boven hem. Als de toestellen terugkwamen zouden ze hem maar weinig tijd geven om een veilig heenkomen te zoeken.

Maar de lucht bleef leeg.

De cementfabriek in Heidelberg lag afgelegen. Anders dan hun eigen fabriek in Rüsselsheim was deze fabriek hermetisch afgesloten van de buitenwereld. Een hoog hek moest voorkomen dat er ook maar iemand op het idee kwam om de benen te nemen. Toen de zes wagens werden geladen kwamen de dwangarbeiders langzaam dichterbij. Hun lopen was sluipen, alsof ze bang waren ieder ogenblik geslagen te worden. Fluisterend stelden ze hun vragen.

'Hebben jullie iets te eten?'

'Weten jullie iets over de oorlog?'

'Hebben jullie iets te roken?'

Albert bracht zijn hand naar de zak van zijn jack. Daar zat nog een half pakje sigaretten in.

Plotseling hoorde hij zijn naam.

'Ab, Appie!'

Hij liet zijn blik langs de gezichten van de mannen glijden. Hij herkende geen enkel gezicht.

'Ab, ik ben het: Geert.'

Toen zag hij het: die ene sterk vermagerde man was een schim van zijn oude vriend Geert Weltevreden. Een paar passen en ze stonden oog in oog met elkaar.

'Geert.'

'Ab.'

'Hoe is het?'

Geert haalde zijn schouders op. 'Niet best. Ze beulen ons af tot we er dood bij neervallen.'

'Ja, het valt niet mee.'

Geert wees naar de vrachtwagen achter hem. 'Ab, zag ik dat nou goed, rij jij op die wagen?'

Albert knikte.

'Allemachtig Ab, jongen, dan is je droom toch nog uitgekomen.'

'Mijn droom?' Albert begreep niet waar zijn Maassluise vriend op doelde.

'Je wilde toch altijd zo graag op een vrachtwagen? Nou heb je toch je zin? Hoe heb je dat voor elkaar gekregen? Ouwe bofkont!'

Er klonk geblaf van honden. De mannen weken uiteen.

'Wegwezen, hier! Aan het werk!' schreeuwde een geüniformeerde bewaker.

Voor Geert zich kon omkeren haalde Albert snel de sigaretten uit zijn jack en stopte ze in de zak van zijn vriend. Op datzelfde moment haalde ook Geert iets tevoorschijn. Het was een brief die hij zo onopvallend mogelijk in Alberts hand frommelde. 'Voor mijn familie, Ab. Je moet hem lezen. Dan is het niet erg als je hem kwijtraakt of als hij wordt afgepakt.'

Geert kreeg een trap van een laars omdat hij het commando 'wegwezen, hier' niet meteen opvolgde.

De hele terugweg dacht Albert aan zijn vriend. Plotseling leek hem dat, wat zijn vriend meemaakte – en wat wellicht al die duizenden dwangarbeiders meemaakten – veel erger was dan wat hij te verduren had. Veel en veel erger.

Op de terugweg naar Rüsselsheim werd hun kleine colonne door drie Spitfires onder vuur genomen. Alle zes chauffeurs keken vanuit een greppel toe hoe een van de wagens werd doorzeefd. Alberts Opel werd geraakt door een enkele kogel die dwars door de houtgasgenerator vloog.

Na een uur verdwenen de toestellen uit het zicht.

Albert dichtte de gaten in de ketel met houtproppen. De doorzeefde wagen namen ze op sleeptouw.

In de barak las Albert de brief van Geert Weltevreden.

Lieve familie,

Al geruime tijd heb ik niets van jullie gehoord. Ik hoop maar dat jullie niets vervelends is overkomen. Ik wil graag laten weten dat het met mij goed gaat. We moeten hier hard werken, maar dat heb ik altijd al met veel plezier gedaan. Dat weten jullie.

Jullie zullen vast nieuwsgierig zijn hoe het er hier uitziet. Nou, we wonen hier prettig. Heidelberg is een mooie stad en het is hier heuvelachtig.

Als jullie nog eens kans zien om een pakje te sturen met iets te eten, zou dat heel fijn zijn. Maar alleen als jullie het zelf kunnen missen, natuurlijk.

Hopelijk tot spoedig ziens,
Geert.

Albert las de brief twee keer. Hij prentte zich de woorden in. Dat had hij Geert beloofd. Het was een vreemde brief. Zouden Geerts ouders tussen de regels door hetzelfde lezen als Albert? Zouden ze begrijpen dat het helemaal niet goed ging met hun zoon? Dat hij honger had? Dat hij eigenlijk geen hoop meer had voor de toekomst? Geert wilde zijn familie sparen. Maar of hem dat op deze manier lukte, was maar de vraag.

4. Jori

'Gefeliciteerd, Jori,' zei opa. En toen, met een knipoog: 'Dat je maar een grote jongen mag worden.'

Het was zaterdagochtend. Mijn feestje moest nog beginnen. Maar opa stond als eerste op de stoep. Ik nam opa meteen mee naar mijn kamer om hem mijn Opel Blitz te laten zien. Het vrachtwagentje is bijna af. Opa hielp met de wielen. Dat was een lastig klusje.

'Ik zal nooit vergeten dat ik op een dag door Duitsland reed,' vertelde opa. 'We hadden onze vrachtwagens ergens in een bos geparkeerd om te schuilen voor de vliegtuigen. Een van de andere chauffeurs zei: "Het is toch 9 maart vandaag? Dan is mijn zus jarig. We komen straks vlak langs haar huis. Ze heeft vast wel iets lekkers voor ons." Ik keek hem verbaasd aan. "Is het 9 maart? Dan ben ik vandaag jarig!" Toen hebben we bij die zus heerlijk gegeten. Dat weet ik nog zo goed omdat die zus een fototoestel had waarmee ze een foto van mij heeft gemaakt. Op die foto sta ik voor mijn Opel. Op de wagen staat het cijfer 22. Zodoende. Zo ben ik gevaren...'

Het bleef een poosje stil. Ik moest een beetje lachen om mijn opa. Bijna altijd als hij een verhaal vertelt, eindigt het met: 'Zodoende. Zo ben ik gevaren.'

Toen zei mijn opa zacht: 'Maar eigenlijk ben je alleen maar jarig als je je verjaardag kunt vieren met je eigen familie.'

Ik knikte. Wat opa zei was helemaal waar.

'Opa,' zei ik. 'Als mijn model af is, schilder ik ook twee tweeën op de deuren.'

'Goed idee,' zei opa.

Toen kregen we gebak. En we stopten met over de oorlog te praten, want mijn moeder houdt er niet zo van als ik steeds maar vragen stel aan opa. En ook de buren kwamen langs.

Pas 's avonds kon ik tegen opa zeggen waarover ik had nagedacht.

'Opa,' zei ik, 'ik ken nu heel veel van uw Duitsland-verhalen. Ik zou zo graag willen weten hoe het afloopt. Steeds als ik een nieuw verhaal heb leren kennen, hoop ik dat dat het laatste verhaal wordt. Er moet toch ook een keer een eind komen aan de oorlog?'

'Je hebt gelijk, Jori,' antwoordde mijn opa. 'Ik moet er een keer een eind aan proberen te breien. Twee jaar was wel een behoorlijk lange tijd. Dat begrijp je. Ik vroeg me zelf ook vaak af of het ooit voorbij zou zijn. Het leek eindeloos. Langzaam nam de oorlog bezit van me. Eerst was ik alleen maar bang. Toen leerde ik om mijn angst te verbergen. Ik sloot mijn ogen voor de gevaren en voor de ellende om mij heen. Toen werd ik wakker geschud en besefte ik plotseling dat ik wilde overleven. Ik wilde niet ergens in een Duitse greppel doodgaan en eeuwig vermist blijven. Ik wilde thuiskomen, op de deur bonzen en roepen: "Ik ben er weer!" Dat was wat ik wilde.'

Ik wachtte tot mijn opa zou zeggen: 'Zodoende. Zo ben ik gevaren.' Maar deze keer zei hij dat niet.

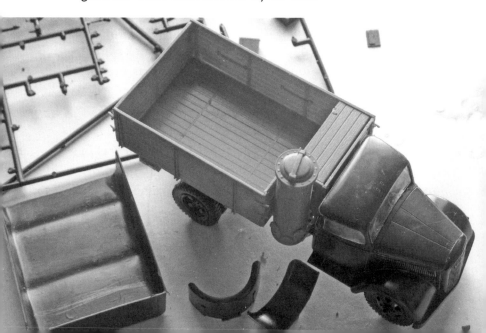

4. Albert

Het werd weer voorjaar. Albert was gestopt met het tellen van de tijd. Soms leek het hem of hij buiten de tijd leefde. Ergens hoopte hij dat dat in Maassluis ook zo was, dat de tijd er stilstond. Dan kon er ook niets misgaan.

Toch begon de klok op een dag weer te lopen. Albert zigzagde met zijn Opel Blitz langs de bomkraters in de weg tussen Frankfurt en Rüsselsheim toen hij werd opgeschrikt door een paar harde knallen. Hij bukte zich naar voren en speurde door de voorruit de lucht af. Maar er waren geen Spitfires of Lancasters te bekennen. Wat moest hij doen? De wagen stoppen en een veilig heenkomen zoeken? Weer klonk er geknal. Nu zag hij het pas. Het gevaar kwam niet van boven, maar van opzij. Ergens in het land, links van de weg, stonden tanks opgesteld die aan het schieten waren. Maar op wie? De granaten vlogen over de weg.

Plotseling werd het vuur beantwoord. Nu kwamen de kogels ook van rechts. Dat kon maar één ding betekenen: links lagen de Duitsers, rechts rukte het geallieerde leger op. Ze waren met velen, want er werd onophoudelijk gevuurd. Hoe durfden de Engelsen, de Amerikanen, of wie het ook waren, zomaar het Duitse grondgebied te betreden? Was het een wanhoopsactie? Of was het een onoverwinnelijk leger dat bezig was aan een opmars naar de hoofdstad Berlijn?

Zonder dat Albert er erg in had, had hij het gaspedaal losgelaten en was de wagen tot stilstand gekomen. Hij was in gevaar. Wat moest hij doen? Doorrijden of een schuilplaats zoeken? Wat zou er gebeuren als de tanks oprukten? Duitsers of bevrijders, het maakte niet uit.

Langzaam gaf hij gas en liet het koppelingspedaal opkomen. En zo reed hij de eenzame weg af, onder de kogelregen door. Hij hield zijn adem in tot hij bijna stikte. Hij kneep zijn billen samen en maakte zich zo klein mogelijk. Alsof hij daarmee zijn overlevingskans vergrootte.

Nog een kilometer of vijftien en hij was thuis. Het liefst zou hij echt naar huis rijden, naar het huis op de Marnixkade in Maassluis. Dan zou hij zijn Opel Blitz voor de garagedeur parkeren, een paar keer hard toeteren en als zijn vader of zijn broer Her naar buiten kwamen, zou hij hun toeroepen: 'Ik ben er weer.' Hij zou een rondje door Maassluis rijden om zijn vrienden te bezoeken. En ze zouden allemaal zeggen: 'Kijk, Ab van Dam is toch nog vrachtwagenchauffeur geworden. Hij heeft een eigen wagen waarmee hij helemaal uit Duitsland is komen rijden.'

Aan het einde van de weg wachtte de stilte. De beschietingen waren opgehouden.

Slap van de spanning en de honger stopte Albert bij een bakker.

'Ik wil een brood,' zei hij, op de lege broodplanken wijzend.

'Heb ik niet,' zei de bakker.

Albert haalde de acht tientjes tevoorschijn die hij bij zijn afscheid in Rotterdam van zijn vader had gekregen.

De bakker leek even te aarzelen. Toen pakte hij het geld aan, liep naar achteren en kwam terug met een brood.

Terug in de vrachtwagen sneed hij een stuk van het brood af. Hij nam minuscuul kleine hapjes om er zo lang mogelijk van te genieten.

In de barak vertelde hij wat hem was overkomen. Maar niemand wilde hem geloven. Ja, ze hadden de knallen gehoord. Maar er werd wat afgeknald, in de lucht.

'Dit was anders,' vertelde Albert opgewonden. 'Dit is een grondgevecht. En het vuur werd beantwoord. Dat kan maar één ding betekenen: dat er een bevrijdingsleger in aantocht is.'

'Wat heb je daar?' vroeg Aad die de broodzak ontdekte.

'Hier, voor jullie,' zei Albert. Hij legde het brood op tafel.

'Wat heb je daar wel niet voor betaald?' wilde Cor Snip weten.

'Tachtig gulden,' zei Albert. 'Die had ik nog, van thuis.'

Aad floot tussen zijn tanden. 'Dat zou ik er nou nooit voor over hebben gehad.' Maar voor hij was uitgesproken had hij zijn mes al uit zijn zak gehaald en begon het brood in dikke plakken te snijden.

'Geld is niks meer waard,' zei Cor Snip. 'Niks heeft nog waarde.'

De volgende dag werden de vrachtwagens thuis gehouden. Op het kantoor was het een nerveus gedoe. Nauheimer sprak op gedempte toon met Ort en Lieberman.

Albert nam zijn Opel Blitz mee naar het barakkenterrein. Hij liet de jongens in de barak de vondsten zien die hij in de gereedschapskist had verstopt: aardappelen en worst. Ze konden die avond een lekker maal koken op het hout van de generator.

Ondertussen luisterden ze naar de lucht. Ze probeerden de voorboden van de bevrijding waar te nemen.

'Het is de stilte voor de storm,' zei Cor Snip. 'Het kan nu niet lang meer duren.'

Toen ging het alarm.

De jongens maakten zich klaar om naar hun schuilplaatsen te gaan. Albert verdeelde de worsten. Hij aarzelde. Het liefst ging hij met de jongens mee naar de betonnen buizen. Maar zijn plek was in de grote bunker.

'Ab, ga nou maar,' zei Aad. En er plagerig achteraan: 'Jij hoort niet bij ons.'

'Nee, Ab is onmisbaar en daarom hoort hij bij het Duitse personeel,' klonk het hatelijk. Albert hoefde niet achterom te kijken om te weten wie dat zei. Hij deed zijn zwarte jack aan en voelde in zijn zakken. Bijbeltje, brieven, autopapieren, persoonsbewijs, waardeloos geworden bonnen en een stuk droge worst.

Buiten zette hij het op een lopen. In de verte verscheen een formatie vliegtuigen als een donkere wolk aan de hemel. Tegelijk met Nauheimer kwam hij bij de ingang van de grote bunker. Op hetzelfde moment barstte het bombardement los. Albert zocht een veilig heenkomen tussen de op elkaar gepropte mannen. Achter hem werd geroepen dat de deur dicht moest.

'Maar er komen nog mensen aan,' werd er geantwoord.

'Die zijn dan te laat. Eigen schuld.' Met een knal ging de deur dicht.

Toen Albert omkeek zag hij wie als laatste kans had gezien de bunker te bereiken: Günther, de jongen uit de houtkelder.

'Hier, Günther!' riep hij. De jongen schoof naast hem aan op het krappe bankje.

Er werd weinig gesproken in de overvolle bunker. De honderden mannen wisten allemaal dat het er nu op aankwam. Dit was niet het zoveelste bombardement. Dit was de beslissende aanval.

Günther stootte Albert aan. 'Denk je dat het er in Nederland ook zo aan toegaat?'

'Vast niet,' zei Albert die de zorgen van de jongen wel begreep.

'Mijn vader heeft toch al die tijd zijn best gedaan om de Hollanders te helpen,' zei Günther, strak voor zich uit kijkend.

Ze werden opgeschrikt door doffe klappen. De bommen vielen nu recht boven hen op het dak van de bunker. Het was alsof een gigantisch onweer samenviel met het uitbarsten van een vulkaan.

Slierten rook begonnen door de kieren bij de deuren naar binnen te kringelen. Hoe lang zou de bunker het nog houden?

Pas uren later werd het sein *veilig* gegeven. Maar de mannen die bij de uitgang zaten, kregen de deuren niet open.

'De dooien liggen opgestapeld voor de deur,' hoorde Albert zeggen.

Eindelijk gingen de deuren open. Een paar mannen, onder wie Lieberman, gingen op onderzoek uit. De rest moest wachten.

Na een poosje kwam alleen Lieberman terug. Hij keek speurend om zich heen alsof hij iemand zocht. Toen riep hij luid: 'Weet iemand waar Fahrer Van Dam zit?'

Albert maakte zich zo klein mogelijk.

Günther stond op en riep terug: 'Hier, meneer, hier zit hij.'

Met een kop als vuur liep Albert naar de deur. Zoals hij al had verwacht, lagen voor de deur de mannen die het niet hadden gehaald. Het lag voor de hand dat Lieberman hem ging vragen te helpen met het opruimen van de lijken. Maar in plaats daarvan zei de chef: 'Meekomen. Ga je wagen halen en meld je bij het kantoor.'

Terwijl Albert naar de barak liep, zag hij tot zijn opluchting dat de andere jongens heelhuids uit de buizen kwamen.

'Wat een geluk,' zei Aad. 'Eindelijk is het eens goed raak.' Hij wees naar de fabriek die voor een groot deel in puin lag.

'Hoorde je die knallen?' riep Cor Snip opgetogen. 'De bevrijders zijn in aantocht. Vandaag of morgen kunnen we naar huis.'

'Ik heb nog een klusje,' zei Albert. Hij reed de Opel naar het kantoor. Lieberman stond al op hem te wachten. Hij deed het portier open en gooide een zware koffer naar binnen. Daarna stapte hij zelf in, sloeg het portier dicht en zei: 'Rijden.'

'Waarnaartoe?'

'Dat gaat je niks aan.'

Albert gaf gas, maar hij hield zijn voet op het koppelingspedaal. Zolang die idioot niet zei wat hij wilde, bleef hij staan waar hij stond.

'De poort uit!' riep Lieberman kwaad. 'Het is afgelopen. We moeten wegwezen!'

Hij is bang, dacht Albert. De onverschrokken Lieberman is bang voor de wraak van de bevrijders.

Albert liet het gas los en keek naar de man die naast hem zat. Hij zocht naar woorden. Hij overwoog om te bluffen dat als de oorlog was afgelopen, hij naar huis wilde. Net als de andere jongens. Maar voor hij zijn mond open kon doen, haalde Lieberman een revolver tevoorschijn en drukte die tegen Alberts ribben. 'Rijden!' klonk het afgemeten. Je brengt me naar Zwitserland.'

Langzaam liet Albert de Opel in beweging komen. In de eerste versnelling reed hij langs de in puin geschoten fabriekshallen. Voor hem doemde het poortgebouw op. Ondertussen dacht hij aan Zwitserland. Hoe ver was dat wel niet? Het was niet alleen ver, het was ook nog eens compleet de verkeerde kant op.

De slagboom stond open.

'Doorrijden,' zei Lieberman.

Albert reed niet veel meer dan één meter de poort uit en keek naar rechts. Meteen werd hij opgeschrikt door een harde knal waardoor hij instinctief op de rem trapte.

'Doorrijden,' zei Lieberman weer.

'Maar we liggen onder vuur,' protesteerde Albert. 'Hier rechts in de straat staan mitrailleurs opgesteld.'

'We gaan naar links,' beet Lieberman hem toe.

Albert overwoog te weigeren. Toen klonk er naast hem een harde klik. Lieberman ontgrendelde de revolver en richtte het ding op zijn hoofd. Albert wilde niet bang zijn. Maar hij was banger dan hij ooit was geweest. Hij voelde zijn armen en benen slap worden. Niemand kon van hem verwachten dat hij zich met gevaar voor eigen leven in een kogelregen zou storten. Maar niets doen betekende een kogel in zijn hoofd.

'Nu!' schreeuwde Lieberman.

En hij gaf gas. Vol gas stuurde hij de Opel Blitz naar links de straat in. Achter hem klonken nieuwe knallen. Hij gaf korte rukken aan het stuur. Naar links, naar rechts, alsof het mogelijk was op goed geluk de kogels te ontwijken. Nog hooguit vijftig meter dan kon hij rechtsaf de volgende straat inslaan. Behalve het knallen klonk er plotseling ook het hoge fluiten van een granaat. Het projectiel verpletterde een raam aan de overkant van de straat. Nog twintig meter. Meer gefluit. Albert gaf een ruk naar links. De granaat ging rakelings langs het rechterraampje. Lieberman zat naar voren gebukt. Als ik rechtdoor was gereden, dacht Albert, was die zak er geweest. Ik heb zijn leven gered. Hij mag me wel dankbaar zijn.

Daar was eindelijk de bocht. Hij draaide naar rechts. Een lege straat. Stilte. De knallen bleven achter. Rüsselsheim bleef achter. Hoe verder ze kwamen, hoe verder de bevrijding van hem afraakte.

Lieberman haalde de plattegrond van Duitsland tevoorschijn die hij waarschijnlijk van de wand van het kantoor had getrokken.

'Waarschuw me als we bij Heidelberg zijn,' zei hij alleen maar.

Albert gaf geen antwoord en probeerde te doen of de man niet bestond.

Na een uur zette Albert de wagen aan de kant om het hout bij te vullen. Toen hij weer achter het stuur klom, zat Lieberman onderuitgezakt met zijn ogen dicht. De kaart van Duitsland was naar de grond gezakt.

Langzaam voelde Albert zich bozer en bozer om de manier waarop de fabriekschef hem gegijzeld hield. Om zijn eigen toekomst veilig te stellen, gooide hij die van Albert te grabbel. Wat nou Heidelberg? Niks Heidelberg. Lieberman kon stikken. Met revolver en al. De idioot zou het toch wel uit zijn hoofd laten om hem dood te schieten. Dan kon hij zijn hele Zwitsersland wel vergeten.

Zo reed Albert witheet van woede door het stille Duitse land waar van bevrijders niets te merken was. Ook al zag hij de stad Heidelberg voor zich opdoemen, hij zei niets.

Ver nadat ze de stad waren gepasseerd, schrok Lieberman wakker en vroeg: 'Waar zijn we?'

Albert haalde zijn schouders op.

De man naast hem speurde om zich heen naar herkenningspunten. Toen hij die kennelijk gevonden had, schreeuwde hij: 'Je bent doorgereden, vervloekte Hollander. Keer om. Mijn vrouw...'

Plotseling klonken er knallen en waren er vliegtuigen in de lucht. Lieberman dook weg.

'We moeten schuilen,' zei Albert.

'Nee,' zei Lieberman. 'We rijden door.'

'En uw vrouw dan?'

'Die overleeft het wel.'

'U bent de baas,' zei Albert die zich wonderlijk rustig voelde. Ondanks de dreigementen van Lieberman en ondanks de granaten die hen om de oren vlogen. Ze hadden geluk. Ze werden niet geraakt.

In de buurt van Stuttgart nam Lieberman de kaart weer op schoot. Na een poosje dirigeerde hij Albert de weg af, naar een parkeerplaats bij een wegrestaurant.

Ze aten aardappelsalade met ei. Voor een gevangene kreeg Albert goed te eten, besefte hij.

Na het eten bleef Lieberman in de buurt van de vrachtwagen rondhangen.

Albert wachtte op instructies. Toen die niet kwamen, zei hij: 'Het lijkt me niet verstandig om hier lang te blijven.'

'We wachten op de anderen,' zei Lieberman kort.

Tot Alberts verbazing arriveerden na verloop van tijd vier andere Opels van de Opelfabriek. De collega-chauffeurs waren, net als hij, in gezelschap van Opelchefs. Hun laadbakken stonden vol met kisten en dozen.

'We hebben het complete archief van Opel bij ons,' fluisterde een van de chauffeurs Albert in het oor.

'Die lui zijn hartstikke gek,' zei een ander. 'Wat hebben onze bazen nou te vrezen van de vijand? Die gaan heus de Opelmensen niet vermoorden omdat ze een paar vliegtuigen hebben gebouwd in plaats van personenwagens.'

Albert dacht na over het woord *vijand*. Hij begreep wel dat de meeste Duitsers ondertussen ook uitkeken naar de beëindiging van de oorlog. Maar ze bleven de bevrijders als vijanden beschouwen.

'Komen er nog meer?' wilde Lieberman weten.

De andere chauffeurs schudden hun hoofden. 'We zijn met vijf wagens vertrokken, maar collega Fritz is onderweg omgekomen.'

'En zijn lading?' vroeg Lieberman.

'Verbrand,' luidde het antwoord.

'Jammer,' was het enige wat Lieberman eraan toe te voegen had. Hij stapte bij Albert in de wagen en zei: 'Rijden.'

Ze reden de hele nacht door. Toen het hout opraakte, moesten ze stoppen om het bij een boer te kopen. Ze verdeelden de blokken over de vijf wagens. Lieberman liet de boer brood, kaas en worst brengen. Toen het op betalen aankwam, zei Lieberman: 'Je mag blij zijn dat je het er levend van afbrengt. Wacht maar tot die vervloekte Russen of Amerikanen je erf oprijden, dan komen ze je hele boerderij leegplunderen. Kijk maar uit voor je vrouw en je dochters.'

Albert zag dat de boer zijn woede verbeet, maar Lieberman niet durfde tegen te spreken. Ook zonder uniform en met het pistool in zijn binnenzak boezemde de chef van de Opelfabriek angst in.

Tegen de middag bereikten ze Ulm. Lieberman liet Albert stoppen. In de verte woedde een felle brand.

'Bommen,' zei Albert.

Lieberman tuurde de lucht af, maar er was geen vliegtuig te zien. Hij schudde zijn hoofd en gebaarde Albert dat hij langzaam door moest rijden. Een paar kilometer verder kregen ze te zien wat er in brand stond. Het waren gevechtsvliegtuigen, een verkeerstoren en een hangar.

Op de bijrijdersstoel begon Lieberman te schelden en te tieren. Niet op de geallieerden die in aantocht waren, maar op zijn landgenoten die zo laf waren geweest om hun eigen vliegtuigen in brand te steken.

Albert begreep er niets van. Hij durfde niet te geloven in het goede nieuws dat de Duitsers het geloof in hun overwinning opgaven en dat ze daarom hun eigen oorlogstuig vernietigden om te voorkomen dat de bevrijders er gebruik van zouden maken.

Na Ulm begon het steeds heuvelachtiger te worden. Langzaam kropen de vijf Opels vanuit het dal de Alpen in. De Zwitserse grens kon niet ver meer zijn. Wat zou hun daar te wachten staan? Zou Lieberman hen laten gaan? En wat dan? Waar moest Albert dan naartoe? Hij wilde naar huis. Maar hoe? Vechtend tegen de slaap probeerde Albert zijn ogen op de weg te houden. Het was dat Lieberman af en toe schreeuwde: 'Kijk toch uit, vervloekte Hollander!' anders was hij in een van de haarspeldbochten zeker van de weg geraakt en met Opel en al in een ravijn gestort.

Zo bereikten ze eindelijk de grenspost in Füssen.

Albert zag meteen dat de grens stevig werd bewaakt. Ze reden een fuik in die werd gevormd door betonblokken. De gebruikelijke rood-witte grenspaal werd geflankeerd door rollen prikkeldraad. Naast het grenskantoor stonden bewakers met de wapens in de aanslag.

Lieberman zette zijn vriendelijkste gezicht op en probeerde de grenswachten te bewegen hen toe te laten. Maar wat voor argumenten hij ook aanvoerde – 'Duitsland en Zwitserland zijn toch altijd bondgenoten geweest? Jullie zijn toch een neutraal land, jullie laten toch wel vluchtelingen toe?' – ze mochten er niet in. 'Geen Duitsers!' werd er met nadruk aan toegevoegd.

Albert keek gespannen toe. Zou Lieberman zijn wapen trekken en het op vechten laten aankomen? Hij keek naar de hevig zwetende chef. Zijn ogen schoten paniekerig heen en weer.

'Achteruit!' riep hij ten slotte. En hij dirigeerde de vijf vrachtwagens naar een parkeerterreintje vlak voor de grens. Daar begon het wachten. Op gedempte toon begonnen de chefs met elkaar te overleggen. De chauffeurs wachtten af. Langzaam werd het donker.

Albert klom achter het stuur en was een paar tellen later in slaap gesukkeld. Hij werd wakker door een bonk op de deur van zijn cabine. 'Van Dam, word eens wakker! Ze zijn ervandoor gegaan.'

Albert keek naast zich. De koffer van Lieberman was weg. Hij wreef de slaap uit zijn ogen, gaapte en vroeg aan zijn collega: 'Wat gaan jullie nu doen?'

'Terug naar Rüsselsheim.'

'Kunnen we niet proberen alsnog Zwitserland in te komen?'

De collega-chauffeurs schudden hun hoofden: 'Ze laten ons niet toe. Jou, misschien?'

Hij probeerde helder na te denken. Waar lag zijn toekomst?

In het vrije Zwitserland? Of in het land dat – als alle signalen klopten – snel bezet zou worden door een geallieerde legermacht? De Zwitserse grens werd zwaar bewaakt. Was hij daar als Nederlander wel welkom?

'Ik weet het niet,' zei hij aarzelend.

'We vertrekken zodra het licht wordt. Ga nog maar een poosje slapen.'

Nu was het moeilijk om de slaap te vatten. De gedachten tolden door Alberts hoofd. De vrijheid lag voor het grijpen, maar hij kon er niet bij.

Hij moest in slaap gevallen zijn, want hij werd opnieuw wakker door een bonk op het zijportier.

'Kan ik meerijden?' De vraag was in het Duits gesteld, maar de spreker verraadde zijn afkomst.

'Hollander?' vroeg Albert slaperig.

'Ja!' klonk het blij verrast. 'Ik heet Wil. Wil van Loon. Waar ga je naartoe?'

Albert stapte uit en keek in het verwilderde gezicht van een leeftijdgenoot met lang, sluik haar. 'Albert,' zei hij. 'Ik kom uit Maassluis.'

'Dan woon ik bij je om de hoek,' zei Wil. 'Ik kom uit De Lier. Ik wil naar huis.'

'Ja, dat wil ik ook,' zei Albert. 'Maar wat doe je dan hier?'

'Ik ben gevlucht,' vertelde de jongen, 'uit Zwitserland. Ik heb er drie maanden in een vluchtelingenkamp gezeten. Die Zwitsers bedoelen het allemaal goed, hoor. Maar ze hebben besloten te wachten tot het overal in Europa vrede is. Pas dan laten ze alle vluchtelingen gaan. Ik had geen zin om zo lang te wachten. Toen ben ik er maar gewoon vandoor gegaan. Nu probeer ik op eigen houtje thuis te komen. Ik heb gehoord dat bijna heel Duitsland in handen is van de geallieerden.'

'Ja,' zei Albert, 'daar kun je wel eens gelijk in hebben.' Hij keek de jongen uit het Westland nog eens goed aan. Als hij

116

gelijk had, was het onverstandig om Zwitserland binnen te gaan.

'Ja, je kunt mee,' zei Albert toen hij eenmaal de knoop in zijn hoofd had doorgehakt. Hij legde zijn hand op de wielkast van zijn wagen. Gelukkig hoefde hij zijn Opel voorlopig nog niet te missen.

'En, wat ga je doen, Van Dam?' wilden de Duitse chauffeurs even later van Albert weten.

'Ik ga mee,' zei hij. 'En Wil ook.'

Ze vertrokken zonder gegeten te hebben.

Albert sloot achteraan in de rij.

Zo naderden ze opnieuw het platgebrande vliegveld bij Ulm. Er stonden vreemde voertuigen: pantservoertuigen en vrachtwagens.

De Duitse chauffeurs durfden niet verder. Langs de kant van de weg werd beraadslaagd.

'Waarom gaan we niet naar Burgrieden?' zei een van hen. 'Daar is een staalfabriekje waar ik eerder ben geweest. Misschien kunnen we daar onderdak krijgen. Ik sterf van de honger.'

Ze namen een smalle weg door de heuvels.

Wil vertelde over zijn oorlog. Hij had in München in een munitiefabriek gewerkt. Daar was hij weggevlucht.

Wil wist dingen over de oorlog die Albert nog nooit had gehoord. 'Ze hebben ik weet niet hoeveel Joden vermoord,' zei hij. 'Wat die lui werkkampen noemen, zijn in werkelijkheid vernietigingskampen. Dat moeten die Amerikanen geweten hebben. Waarom hebben ze er dan niets aan gedaan? Het kon ze gewoon niet schelen.'

Wil kon onmogelijke vragen opwerpen, en ze zelf beantwoorden met nog ongelofelijker antwoorden.

Albert luisterde stil en dacht aan het kamp dat hij zelf had bezocht. Hij zag de smalle, grauwe gezichten. En realiseerde zich dat al die mensen er nu niet meer waren.

De Duitse chauffeurs waren welkom in de staalfabriek. Albert en Wil werden naar een schooltje gestuurd dat buiten het dorp, boven op een heuvel lag. Ze troffen er een stel Russische dwangarbeiders. Van een van de mannen kregen ze een kom aardappelsoep. Hij wees hen een stapelbed. De stank in het schoolgebouw was niet om uit te houden. Het leek of de Russen de moed hadden opgegeven en de kracht niet meer hadden om zichzelf te verzorgen.

Albert sliep slecht. De verhalen die Wil had verteld hielden hem wakker. Of waren het de vlooien die hem besprongen zodra hij onder de versleten paardendeken kroop. Jammer dat Aad er niet was om het ongedierte af te leiden. Hij ging uit bed en vouwde de kaart van Duitsland open die Lieberman in de Opel had achter gelaten. Zijn ogen gleden langs de plaatsen waar hij de afgelopen twee jaar was geweest: Erfurt, Weimar, Berlijn, Hannover, Osnabrück, Paderborn en Passau. Wat had hij allemaal niet gezien? Maar misschien net niet de verschrikkelijke waarheid. Hoe hadden de Duitsers die zo goed verborgen weten te houden?

De volgende ochtend liepen Albert en Wil het pad af tot ze midden in het dorp stonden. In de staalfabriek troffen ze een uitgelaten groep chauffeurs. Trots lieten ze hun vangst zien: een varken dat ze op een nabijgelegen boerderij hadden buitgemaakt.

'Kom op, meehelpen,' kregen Albert en Wil te horen. 'We gaan feestvieren.'

De Duitsers schreeuwden en juichten alsof ze de oorlog hadden gewonnen. 'Het is voorbij! Het is voorbij!'

Wil leek beter dan Albert te begrijpen wat er aan de hand was. Hij stortte zich in de feestvreugde en hielp de Duitsers het varken te slachten.

Albert werd overvallen door een vermoeidheid die hij niet kon verklaren. Kwam het door de ongemakkelijke rit met zijn gewapende chef? Kwam het door zijn twee Duitse jaren, weg van huis? Of zakte hem – net als de Russische arbeiders – de moed in de schoenen, juist nu het eind van de oorlog eindelijk in zicht kwam?

Om zich te onttrekken aan de feestvreugde die hij niet kon delen, klom hij achter het stuur van zijn Opel. Hij draaide het raampje open. Een warme wind streek langs zijn ingevallen wangen.

Toen hoorde hij een zacht brommen dat langzaam aanzwelde. Gewoontegetrouw keek hij omhoog naar de lucht. Maar het geluid naderde over de weg. Uit het bos naderde een kleine colonne. Voorop reed een pantservoertuig. Daarachter volgden vrachtwagens die hij nooit eerder had gezien. Trucks met grote wielen en gierende motoren.

Verbijsterd keek Albert toe. Dit waren geen Duitse auto's.

Het pantservoertuig stopte naast hem. De chauffeur stak zijn hoofd uit het mangat en riep iets in een taal die hij niet verstond. Hij schudde zijn hoofd en haalde zijn schouders op. Op dat moment kwamen de Duitse chauffeurs uit de fabriek naar buiten rennen. Ze sprongen op de wagens af, gaven handen, sloegen op schouders en riepen: 'Welkom! Thank you! Thank you!'

'Het zijn Fransen,' zei Wil van Loon. 'Ze horen bij de troepen van generaal De Gaulle. Ze willen weten waar het gemeentehuis is.'

Lachend vertrok de hele groep naar de Rathausplatz.

'Kom, ga mee!' zei Wil.

Maar Albert bleef als verlamd in zijn Opel zitten. Hij sloot het raam. Hij omknelde het stuur en huilde eindelijk de bittere tranen die hij zonder dat hij het wist had opgespaard vanaf het moment dat hij zijn eigen stad, zijn eigen land had verlaten. Hij huilde om alles wat hij was kwijtgeraakt: zijn huis, zijn familie, zijn onschuld en zijn vertrouwen in het leven.

Misschien zou alles nu anders worden. Misschien... want hij durfde er nog niet in te geloven. En daarom bleef hij zitten waar hij zat. Tot Wil en de anderen terugkwamen en zeiden dat hij moest helpen om het feest voor te bereiden dat ze samen met de Fransen zouden gaan vieren.

'Vanavond gaan we het ongelofelijk op een zuipen zetten,' zei Wil.

Die avond was er bier en wijn in overvloed. Het varken verdween in de hongerige monden.

Er werd gedanst en gezongen.

Ein schönes Märchen geht zu Ende.

Nun ist für uns zwei, diese Zeit vorbei.

Einmal kommt bestimmt der Tag,

da werde ich bei dir sein.

Albert zong uit volle borst mee in de overtuiging dat hij inderdaad, op een dag, weer bij Marie zou zijn.

De Russen keken toe.

Wil van Loon voerde met handen en voeten en een paar woorden Engels een gesprek met de Franse sergeant.

Albert zag de Fransman naar de Russen wijzen.

'Hij vindt dat de Russische krijgsgevangenen ook te eten moeten krijgen,' zei Wil na een poosje tegen Albert.

Albert vertaalde de wens van de Fransman voor de Duitsers.

De Russen schoven aarzelend aan. De Duitsers vertrokken geen spier, maar Albert wist dat ze eigenlijk niet blij waren de tafel te moeten delen met de *Untermenschen* uit Rusland.

De Franse sergeant, die zich voorstelde als Augustin, bracht een toost uit. Wil vertaalde zijn woorden: 'Vanaf vandaag is iedereen vrij.'

'Kun je hem vragen of de oorlog helemaal is afgelopen?' vroeg Albert. 'Hebben de Duitsers zich overgegeven?'

Wil herhaalde de vraag in het Engels. Albert zag al aan het

nee-schuddende hoofd van de Fransman dat de vrijheid nog niet getekend was.

'En Nederland?' ging Albert verder.

Wil tolkte. Zo kwam hij te weten dat alleen het zuiden van Nederland vrij was. 'Onder de rivieren,' had de sergeant gezegd. Maassluis lag er net boven. De oorlog was nog niet afgelopen.

Albert at van het varken. Hij dronk twee pullen bier. Maar zolang niet iedereen die hij kende vrij was, wilde hij niet dronken worden. Net zomin van de drank als van vreugde.

De volgende ochtend reden Amerikaanse jeeps en legertrucks het dorp binnen. De mannen in het schooltje kregen bezoek van sergeant Augustin die in het gezelschap was van een man die, aan zijn uniform te zien, een hoge functie bekleedde in het Amerikaanse leger.

'Ze komen de boel inspecteren,' zei Wil.

Hoofdschuddend liepen de twee mannen door de vervuilde woonplek.

'Ze sturen iemand om de boel te ontsmetten,' zei Wil.

Toen vertrokken de twee mannen weer.

'Wat zeiden ze allemaal nog meer?' vroeg Albert aan Wil.

'Ze zeiden dat het schandalig was, zoals die Russen zijn behandeld. Ze zeiden dat de Russen om elf uur op de Rathausplatz moeten zijn. Dan krijgen ze kleren en eten.'

'We gaan kijken,' zei Albert.

Samen met de Russen liepen Albert en Wil even later het pad naar het dorp af. Toen ze op de Rathausplatz aankwamen, kwam de Amerikaanse commandant naar buiten en zei tegen de verzamelde Russen: 'Vandaag krijgen jullie wat de Duitsers jullie hebben onthouden. Het recht zegeviert. Jullie krijgen een heel uur de tijd om nieuwe kleren en eten te verzamelen. Wie na twaalf uur nog in een winkel wordt aangetroffen, wordt opgepakt en gestraft voor plundering.' Hij wees naar een dikke boom aan de overkant van het plein. 'Die tak daar, is voor de plunderaars. Jullie zijn gewaarschuwd. Ga je gang.'

Eerst gebeurde er niets. De meeste Russen keken elkaar niet-begrijpend aan. Maar een paar van hen waren sneller van begrip en stortten zich op de dichtstbijzijnde winkels.

'Ze mogen gratis winkelen,' zei Wil.

Albert knikte. Eindelijk gerechtigheid. Tenminste, voor de Russen. De winkeliers van Burgrieden kwamen ontzet hun winkels uitrennen op zoek naar hulp. Maar die kregen ze niet.

Een voor een kwamen de Russen naar buiten met hun armen vol kleren en etenswaren. Sommigen hadden hun lompen in de winkel achtergelaten. Ze hadden een wonderlijke metamorfose ondergaan. De nieuwe pakken slobberden om hun vleesloze botten en de armoede was nog van hun gezichten af te lezen.

Toen klonken de twaalf slagen van de kerkklok. Amerikaanse militairen vatten post naast de winkeldeuren. Een van hen loste een waarschuwingsschot dat samenviel met de twaalfde klokslag.

Hollend en strompelend kwamen de laatste Russen over de drempels naar buiten.

Albert haalde opgelucht adem. Met alles wat ze maar dragen konden, liepen de Russen terug naar het schooltje.

Op dat moment stormden twee militairen de juwelierswinkel binnen. Een paar tellen later stonden ze weer op het plein met tussen hen in een slungelige man met een lange baard. De man droeg een nieuwe hoed en was behangen met een verrekijker, kettingen en polshorloges.

De twee soldaten keken hun meerdere vragend aan.

Die zei met luide stem: 'Laat dit een waarschuwing zijn voor iedereen. Laat het recht zegevieren!'

Voor Alberts ogen werd de overmeesterde winkeldief onder de boom gezet waarna hem een touw om de hals werd geknoopt. Het andere eind van het touw werd met een soepele worp over de onderste tak van de eik gegooid. Een paar harde rukken aan het touw. Een gesmoorde schreeuw. Met een paalsteek werd het touw aan een hekje bevestigd. En daar bungelde de man die zich zo-even nog rijk had gerekend. Om zijn beide polsen glinsterden een tiental dure horloges.

Albert kon het niet langer aanzien en begon terug te lopen in de richting van de staalfabriek. Maar hij werd staande gehouden door sergeant Augustin. Hij verstond geen woord van het Franse gebrabbel. Wil moest eraan te pas komen om te tolken.

'Hij vraagt wat je van plan bent.'

'Niks,' zei Albert. 'We kunnen niet naar huis.'

'Hij wil weten of je voor hen wil rijden.'

'Ja, waarom niet? We hebben toch niets anders te doen.'

'Merci,' zei Augustin toen hij Alberts antwoord hoorde. Ze kregen allebei een hand.

'Albert,' zei Albert.

'Wil,' zei Wil.

'Of je je morgenochtend met je camion wil melden bij het raadhuis,' zei Wil.

'Camion?' vroeg Albert.

'Vrachtwagen,' zei Wil.

'Goed,' zei Albert. 'Maar alleen als jij meegaat. Jij verstaat die lui.'

Nog diezelfde middag werd het schooltje uitgemest en schoongemaakt. Alle mannen werden ingesmeerd met lysol. Ook Albert en Wil ontkwamen niet aan de reinigingsbeurt.

'Het stinkt hier als een ziekenhuis,' mopperde Wil.

Albert keek naar de Russen die er zo langzamerhand uitzagen als een stel rijke zakenlieden met hun natte gekamde haren. Om hun gehangen kameraad leken ze niet te treuren. Hun vrijheid en hun plotselinge welvaart voerden de boventoon.

Sergeant Augustin kwam Albert halen.

'Wat wil hij van me?' vroeg Albert aan Wil.

'De commandant heeft je nodig als chauffeur,' zei Wil.

'Dan moet jij ook mee,' zei Albert.

Vanaf die wonderlijke dag reden Albert en Wil de Amerikaanse commandant rond die net als Wil Will bleek te heten. Ze kregen Amerikaanse sigaretten, Zwitserse chocolade en iets wat ze nog nooit eerder hadden gegeten: kauwgom.

Ze bezochten gemeentehuizen, kantoren en fabrieken.

Will wees op de kaart aan waar hij naartoe gebracht wilde worden. Wil reed mee als tolk.

De volgende dode viel aan de kant van de Amerikanen. Een van de soldaten had zich vergrepen aan een Duits meisje. Dat meisje had bij de legerleiding geklaagd. Een uur later werd de Amerikaan standrechtelijk doodgeschoten. Ook hij moest dienen als voorbeeld voor zijn kameraden. Vreemd genoeg weerhield het de meeste soldaten er niet van om met de meisjes in het dorp aan te pappen. Ook Wil had al snel verkering. Hij kroop met een boerendochter de hooiberg in.

'Waarom doe je niet mee, Ab?' vroeg Wil. 'Maak een beetje plezier. Die meiden hebben er zin in.'

Albert schudde zijn hoofd. In zijn hoofd had hij al lang verkering. Met Marie. Al wist Marie nog van niets.

Er waren ook dagen dat de jongens zich stierlijk verveelden. Albert doodde de tijd met het opknappen van een motorfiets die Augustin ergens op de kop had getikt. Toen hij het ding weer aan de praat had gekregen, kwam Augustin aanzetten met een zijspan. Of Albert misschien kans zag het ding eraan vast te zetten.

Een dag later maakten Albert en Wil een proefrit. Ze reden over kleine landweggetjes. Het sturen viel Albert niet mee. In een scherpe bocht raakte hij de macht over het stuur kwijt. De motor sloeg over de kop. De jongens rolden door het weiland. Albert hoorde hoe de motor achter hen aantolde. Toen zij zelf in een greppel belandden, bleef de motor achter een paaltje hangen. Ze kwamen er zonder kleerscheuren van af. Maar de pijn in Alberts rug kwam in alle hevigheid terug en de motor was kapot. De jongens moesten lopend terug naar het dorp om Augustin te vertellen wat er was gebeurd.

In plaats van een standje kregen Albert en Wil felicitaties.

'Wat is er aan de hand?' vroeg Albert aan Wil.

'Hij zegt dat de oorlog nu echt is afgelopen. De Führer heeft een eind aan zijn leven gemaakt. Nederland is vrij.'

'Ook boven de rivieren?' vroeg Albert.

'Het hele land,' zei Wil. 'We kunnen naar huis.'

'Heeft hij dat gezegd?'

'Ja, hij zei dat er weinig reden meer was voor ons om te blijven. De Russen zijn ook aan het inpakken.'

Na zes weken lang privéchauffeur geweest te zijn van de Amerikaanse commandant, klom Albert achter het stuur van zijn Opel om terug te rijden naar Rüsselsheim. Net als op de heenweg reden de vijf Opels in een rijtje achter elkaar aan.

Albert keek naar het glooiende land dat zich voor hem uitstrekte. Het leek of de zon feller scheen dan ooit. Het voelde alsof het de vrijheid zelf was die door de geopende ramen zijn haren in de war waaide.

Af en toe werd de colonne staande gehouden. Dan lieten ze de papieren zien die de burgemeester van Burgrieden hun had meegegeven. Dan knikten de Amerikaanse, Engelse, Canadese, Poolse of Franse soldaten ten teken dat ze door mochten rijden. Ja, ze waren nu werkelijk vrij. De geallieerden hadden alle touwtjes in handen.

'Wat gaan we doen als we in Rüsselsheim aankomen?' vroeg Wil toen ze de stad naderden.

'Kijken,' zei Albert. Eigenlijk wist hij het niet zo precies. Hij wilde weten hoe het met de andere jongens ging. Wat was er terechtgekomen van Cor Snip, Koos Koekoek en Aad van Rijn? Werkte gekke Günther nog in de houtkelder? En Nauheimer, was die nog gewoon chef expeditie? Maar tegelijk had Albert een heel ander plan. Hij wilde de Opel Blitz meenemen naar Nederland. Hij zag zichzelf trots een rondje rijden door Maassluis. Kijk, hier ben ik weer, Albert de vrachtwagenchauffeur.

Na twee lange dagen achter het stuur bereikten ze eindelijk het stationsplein van Rüsselsheim. Terwijl de vijf Opels voor de ingang van het hoofdgebouw stonden te wachten om binnengelaten te worden, dacht Albert aan wat hem zeven weken eerder was overkomen. Toen had hij onder diezelfde poort staan wachten tot de Duitse chef met een klik van zijn revolver had laten weten dat het hem ernst was met zijn vluchtpoging. Nu hielden Amerikaanse soldaten de wacht bij de hefboom.

Eenmaal op het fabrieksterrein stalden ze hun auto's voor de werkplaats. De vijf chauffeurs beklommen de trap naar het kantoor waar hun chef, Nauheimer, hen ontving alsof er niets was veranderd. Alle vijf kregen ze een stevige hand. Ze moesten hun verhaal doen. Nauheimer vertelde dat de fabriek weer in handen was van General Motors, het Amerikaanse moederbedrijf.

Albert vroeg naar de jongens uit zijn barak.

'Dood of naar huis,' was alles wat Nauheimer hem wist te vertellen.

126

Albert dwaalde over het fabrieksterrein. De grote bunker stond er nog. Een groot aantal van de barakken was platgegooid. Of waren ze weg gebombardeerd? In de stookkelder vond hij Günther. De sterk vermagerde jongen veerde op toen hij Albert zag. Hij greep Alberts arm en vroeg: 'Weet jij misschien waar Sjeveningen ligt? Ik heb gehoord dat ze mijn vader daar gevangen hebben gezet. Waarom? Hij heeft niets kwaads gedaan. Weet je dat hij naar Nederland ging om jullie land te helpen? Ik heb gehoord dat hij de leiding had over een werkkamp. Waarom houden ze hem dan vast? En waarom in een hotel? Het is nu allemaal toch afgelopen? Waarom komt hij dan niet terug? Ken jij Sjeveningen? Kun je daar niet gaan kijken hoe het met mijn vader gaat?'

Albert keek naar de wanhopige jongen die nog altijd zijn arm hield vast geklemd. Als hij wilde, zou hij op een heel aantal vragen antwoord kunnen geven. Het hotel waar de jongen op doelde, was ongetwijfeld het Oranjehotel, de gevangenis waar zijn eigen vader een paar maanden had moeten zitten. Als de vader van Günther werkelijk de leiding had gehad over een kamp, dan stond het er niet best met hem voor. Want ondertussen werd steeds duidelijker wat er zich achter het prikkeldraad van al die kampen had afgespeeld.

'Je zegt niet Sjeveningen,' zei Albert toen. 'Maar Scheveningen, met een g-g-g-g...'

'Sjeveningen,' zei Günther hem na.

'Weet jij misschien wat er met mijn vrienden is gebeurd?' vroeg Albert. Uit zijn zak haalde hij de groepsfoto die ze een keer hadden laten maken door een fotograaf op het plein.

'Die twee zijn volgens mij terug naar Nederland,' zei Günther, op Cor Snip en Koos Koekoek wijzend. Toen wees hij naar de foto van Aad van Rijn en vroeg: 'Is dat niet die kleermaker?'

Albert knikte.

'Die is dood. Omgekomen bij het laatste bombardement.'

Albert keek naar de foto. Aad toonde zijn vriendelijkste gezicht. Als er één jongen was die nooit had geklaagd, gezeurd of getreiterd, was het deze vriendelijke reus. Oorlog houdt geen rekening met vriendelijkheid.

'Wat ga je nu doen?' vroeg Günther.

'Naar huis,' zei Albert. 'Met de Opel.'

'Dat zullen ze toch nooit goedvinden?'

'Ik verzin wel een smoes.'

'Dan help ik je. Kom straks eerst hout laden. Probeer uit ɔt zicht van het kantoor te blijven. Nauheimer zal je niet zoꞁaar laten gaan. Ze hebben de wagens nodig. Weet je dat de Amerikanen zo snel mogelijk weer personenwagens willen produceren?'

'Dank je. Tot zo.'

Albert wandelde terug naar het kantoor en ging op zoek naar Wil van Loon. Hij vond hem in de fabriekskantine.

'We moeten proberen weg te komen,' zei Albert.

Wil knikte.

'Met een smoes,' zei Albert.

'Ik doe mee,' zei Wil.

Een uur later lag de laadbak van de Opel vol hout.

'Het ga je goed,' zei Albert tegen Günther.

'Doe de groeten aan mijn vader in het hotel,' zei de jongen.

'Zal ik doen,' zei Albert terwijl hij zich afvroeg wie van hen tweeën hun vader het eerst zou weerzien. De vader van Günther had in ieder geval de oorlog overleefd. Hij moest zijn straf uitzitten. Op een dag zou hij weer vrij zijn en zijn zoon in de armen sluiten.

Van Nauheimer durfde Albert geen afscheid te nemen, bang dat de chef hem zou tegenhouden. Toen de kust vrij was, stuurde Albert de Opel met een omweg naar het poortgebouw. Bij de slagboom remde hij af en riep naar de portier: 'Even wat wegbrengen!' Albert zag de man aarzelen en naar een van zijn Amerikaanse superieuren kijken.

'Opdracht van Nauheimer,' blufte Albert.

Nog steeds kwam er geen beweging in de slagboom.

'Probeer jij het in het Engels,' zei Albert tegen Wil.

Wil stapte uit en probeerde in zijn beste Engels de militair te overtuigen. Toen hij weer instapte zei hij: 'We mogen er alleen uit als we papieren hebben, een ondertekende opdracht.'

'Van Nauheimer? We kunnen een poging wagen. Misschien wil Nauheimer wel meewerken.'

Wil schudde zijn hoofd. 'Die Nauheimer heeft niet vee meer te vertellen. De Amerikanen delen nu de lakens uit.'

Nog een keer keek Albert door de poort naar het stationsplein. Niet zo lang geleden had hij het aangedurfd om vol gas de poort uit te rijden en de kogelregen te trotseren. Waarom ontbrak hem nu de moed om de slagboom te rammen en ervandoor te gaan?

'Ab! Albert! Je moet achteruit. We staan in de weg.' Wil riep hem wakker uit zijn dagdroom. Hij schakelde terug en reed het hele stuk achteruit naar de werkplaats.

Nauheimer stond onder aan de buitentrap. Alsof hij op hem wachtte. 'Waar ging je nou naartoe?' vroeg hij.

'Naar huis,' zei Albert eerlijk.

'Ik begrijp wat je wilt,' zei de chef. 'Maar het is onmogelijk. Ik zal je geld geven, dan kun je in het pension op het plein overnachten. Ik zal de Amerikanen vragen of ze je een schriftelijke verklaring kunnen meegeven dat het je vrij staat om terug naar Holland te gaan.'

'Hoe kom ik dan thuis?' vroeg Albert.

'Met de trein.'

'Er rijden toch helemaal geen treinen meer?'

'Ja hoor,' zei Nauheimer. 'Elke dag rijdt er wel een goederentrein naar het westen. Kom morgenochtend terug, dan heb ik je papieren in orde.'

'Onze laatste nacht in Duitsland,' zei Wil vanuit zijn bed aan de andere kant van de kamer.

'Is dat niet een beetje voorbarig?' vroeg Albert zich hardop af.

'Ik wil hier weg.'

Ja, dat wilde Albert ook. Toch vond hij het vreemd om na twee jaar bij Opel weggestuurd te worden. De Opelfabriek had van hem een chauffeur gemaakt. Wat was hij nu?

'Weet je dat ik het kentekenbewijs van de vrachtwagen nog steeds in mijn zak heb zitten?' zei Albert tegen het donker. 'Ik ben niet van plan om het terug te geven.'

'Het is niet veel, maar het is iets,' antwoordde Wil.

Van het geld dat Albert van Nauheimer had gekregen, konden ze met gemak de overnachting betalen en het ontbijt. Ze liepen terug naar de fabriek om de beloofde papieren op te halen.

Albert kreeg van zijn chef een warme handdruk. 'Bedankt, Fahrer Van Dam,' zei de chef. 'Het ga je goed.'

'U ook bedankt,' zei Albert. 'Tot ziens.'

'Meende je dat nou?' vroeg Wil toen ze de poort weer uitliepen.

'Wat?'

'Van dat tot ziens.'

Albert haalde zijn schouders op. 'Zou best kunnen,' zei hij. 'Die Nauheimer deugt. Ik heb nooit moeite gehad met die man.'

'Het zijn toch allemaal rotmoffen,' concludeerde Wil.

Albert schudde zijn hoofd. 'Nee, niet allemaal. Lang niet allemaal.'

Op het station klommen ze in een kolenwagen die klaar-stond om naar Keulen te vertrekken.

Op weg daarnaartoe stopte de trein in Koblenz waar ze gezelschap kregen van meer landgenoten. Met hun haren in de wind wisselden ze verhalen uit. Verhalen over fabrieken, Duitse meiden, illegaal gestookte drank, Russische hoeren en heldendaden. Al die verhalen verbaasden Albert. Hoe kwam het dat al die jongens andere dingen hadden meegemaakt dan hij? De verhalen over meisjes wilde hij nog wel geloven. Meerdere jongens uit zijn barak hadden het er in Duitsland wat dat betreft van genomen. En ook Wil van Loon kon met recht opscheppen over zijn veroveringen. Maar hoeveel was er waar van de verhalen over gesaboteerde transporten, ont-spoorde treinen en opgeblazen vliegtuigen? Die verhalen verwarden hem. Hoe heldhaftiger al die andere jongens zich hadden gedragen, hoe laffer hijzelf werd. Hij had er nooit aan gedacht om in Duitsland in het verzet te gaan. Of waren al die andere jongens leugenachtige opscheppers?

In Keulen moesten ze lang wachten tot ze een trein vonden die naar Maastricht ging. De groep vaderlandgangers was ondertussen uitgegroeid tot vijfentwintig jongens en man-nen.

Opnieuw werden ervaringen uitgewisseld. En steeds klonk de vraag: 'Waar kom je vandaan?' Albert had de neiging te antwoorden met: 'Uit Rüsselsheim.' Maar al snel ging hij over op: 'Uit Maassluis.' De mannen in de trein kwamen uit Gou-da, Steenwijk, Den Helder en Amsterdam. Het waren gewone jongens en gewone mannen. Ze hadden allemaal hard ge-werkt. Dat was te zien aan hun magere gezichten, hun sjofele kleren. In sommige ogen stond nog de ellende van de oorlog te lezen, maar de meeste ogen glinsterden van verlangen naar thuis.

Toen ze eindelijk de grens passeerden, ging er een luid gejuich op. Zingend bereikten ze Maastricht. Daar werd de hele groep in de richting van een opvangcentrum van het Rode Kruis gedirigeerd waar hun papieren werden gecontroleerd, waar ze onder de douche werden gezet en waar hun kapotte kleren werden verruild voor iets minder kapotte kleren. Albert en Wil kregen te horen dat ze de volgende dag met een binnenvaartschip mee konden varen naar Rotterdam.

's Avonds liepen ze door Maastricht. Wil dook een kroeg in en goot zich van Alberts laatste Reichsmarken vol bier.

'Ik ga naar bed,' zei Albert. 'Morgen moeten we vroeg op.'

'Ga maar alvast,' zei Wil met een dikke tong.

En Albert ging. Plotseling begreep hij dat jongens als Wil wel thuiskwamen, maar geen doel hadden. Hij had dat wel. Het was tijd voor zijn toekomst. Hij wilde een gezin stichten. Hij wilde deel uitmaken van een familie. Dat gevoel had hij nooit gekend. Maar Marie zou het hem leren. Tenminste, als... daaraan durfde hij niet te denken. Wat zou hij in Maassluis aantreffen? Wat had de oorlog in zijn woonplaats aangericht? Was Marie nog dezelfde Marie gebleven?

Twee dagen later meerde de Rijnaak in de haven van Rotterdam aan. Albert moest wachten op een bus die hem naar Maassluis zou brengen. Nu pas begon hij langzaam te beseffen hoeveel leeftijdgenoten het lot met hem hadden gedeeld. Zoveel dat er dagelijkse busdiensten waren opgezet om de repatrianten naar hun woonplaatsen terug te brengen.

Rotterdam, Schiedam, Vlaardingen, Maassluis.

Langs de molen. Hier en daar bleven mensen stilstaan om te kijken, om te zwaaien. Alberts hart begon te bonzen toen de bus het huisje op de Zuiddijk naderde. Voor nummer 32 stond een meisje met zwart krullend haar. Alsof ze al die jaren daar op dat stoepje voor de deur op hem had staan wachten, lachte ze naar hem. Ze gooide haar armen in de lucht.

Hij zwaaide terug, verdraaide zijn nek tot ze uit het zicht verdween. Daar was de haven. Daar stond zijn huis. Hij stapte uit op de Noorddijk, voor het stadhuis. Met zijn handen in zijn zakken liep hij de brug over. De Oude Kerk stond er nog. Maassluis was nog altijd Maassluis. Hij was teruggekeerd in de tijd. Die had twee lange jaren stilgestaan. Hij keek naar de wijzers van de torenklok. Nu kon wat hem betreft de klok weer slaan.

In de haven lagen vreemde schepen. Van alle huizen wapperden vlaggen. Behalve van zijn eigen huis, op de hoek van de Marnixkade. Dichte ramen, dichte gordijnen, een dichte deur.

Aarzelend bleef hij voor die dichte deur staan. Toen ging de garagedeur langzaam open en gluurde het gezicht van zijn vader om een hoekje.

'Ab!'

Een paar passen en ze omarmden elkaar.

'Wat ben je mager geworden!'

'Wat bent u grijs geworden! Hoe is het met jullie gegaan? Ik heb al in geen jaar iets gehoord.'

'Wij hebben het er allemaal heelhuis van afgebracht. Wij maakten ons ernstig zorgen over jou. Maar toch heb ik altijd geweten dat je veilig thuis zou komen. Nu kunnen we eindelijk feestvieren. Kom, we gaan de vlag uithangen. Ik heb steeds gezegd: ik hang hem pas uit als mijn zoon is teruggekeerd. En nu ben je er. Waar zijn je spullen? Waar heb je je koffer gelaten?'

Albert lachte. 'Dit is alles wat ik heb,' zei hij en hij klopte met zijn handen op het versleten leren jack.

'Jongen, kom snel binnen.'

Albert schudde zijn hoofd. 'Ik kom zo. Maar ik moet eerst nog even naar de Zuiddijk.'

5. Jori

'En toen, opa?' vroeg ik.

'Toen was het meteen aan,' zei opa. 'Dikke verkering. En de rest weet je wel.'.

'Nee, opa,' zei ik. 'Je moet de rest er ook bij vertellen.'

Opa deed even zijn ogen dicht alsof hij moeite moest doen om de herinneringen op te halen. 'Toen zijn Marie van der Knaap en ik verloofd en daarna getrouwd. We kregen drie kinderen: Marieke, Arend en Hanneke, jouw moeder.'

'Nu ga je veel te snel, opa,' onderbrak ik hem. 'Hoe was het om thuis te zijn? Heb je je vrienden weer opgezocht? Wat ben je gaan doen?'

'Wil je dat echt allemaal weten, Jori?'

Ik knikte.

Mijn opa zuchtte diep en zei: 'In die eerste weken leerde ik al snel dat niemand zat te wachten op mijn verhalen. Wat de mensen in Nederland hadden meegemaakt was veel en veel erger dan wat er in Duitsland was gebeurd. In Nederland waren bijna alle Joden weggevoerd. In Nederland hadden de meeste mensen ternauwernood de hongerwinter overleefd. En ik? Ik wist niet eens dat er een hongerwinter was geweest. Neem mijn neef Jan, die had een jaar ondergedoken gezeten. Neem Coltof, de fotograaf, hij en zijn hele familie waren verdwenen om nooit meer terug te komen. Weet je wat de mensen soms zeiden? Ze zeiden: jij weet niet wat oorlog is, Ab, want jij bent twee jaar op vakantie geweest in Duitsland. Alle mensen in Nederland leken heel goed te weten wie de goeden en wie de slechten waren. Ik was daar nog niet zo zeker van. Toen ik een keer zei dat er ook goede Duitsers waren, kreeg ik de wind van voren. Vanaf die tijd leerde ik zwijgen over wat ik had meegemaakt.'

'Opa?' vroeg ik. 'Heb je al die andere jongens nog wel eens gezien? Cor Snip, Koos Koekoek en Wil van Loon?'

'Ja, die kwam ik regelmatig tegen. Maar eerst moest ik op bezoek in Leiderdorp, bij de ouders van Aad van Rijn. Ik moest hun vertellen dat hun zoon de oorlog niet had overleefd. Ik ben ook op bezoek geweest bij de familie van Geert Weltevreden. Ze hebben hun zoon nooit meer gezien. Over Cor Snip hoorde ik later dat hij naar Rusland is gegaan. Misschien is hij daar wel heel gelukkig getrouwd met een Russisch meisje. Wie zal het zeggen? De keren dat ik Koos Koekoek heb gezien, dacht hij maar aan één ding: feestvieren. Toen er aan het feesten een eind kwam en het gewone leven begon, is hij op een kantoor gaan werken. Ik geloof niet dat hij nog ooit een leuk meisje heeft ontmoet waarmee het echt iets is geworden.'

Weer een diepe zucht.

'Wat heb ik een geluk gehad dat ik Marie heb. Ze heeft altijd naar mijn verhalen geluisterd. Ze heeft me nooit iets kwalijk genomen. Ze vond het zelfs een goed idee toen ik een paar jaar later zei dat ik naar Duitsland wilde om te kijken hoe het er daar zonder oorlog uitzag. Ik ben in Rüsselsheim zelfs op bezoek geweest bij Nauheimer, mijn chef. Wat stond die man raar te kijken toen ik voor zijn neus stond. Hij dacht dat alle Nederlanders eeuwig boos zouden blijven op Duitsland.

Nou, Jori, dat is het. Nu ken je mijn hele verhaal. Eigenlijk praat ik er niet graag over. Net als al die andere vijfhonderdduizend mannen en vrouwen. Want we waren geen helden.'

'Maar je kon toch niet anders, opa?' zei ik.

'Nee,' zei mijn opa. 'We konden niet anders. Toch werden al die dwangarbeiders behandeld als lafaards. Ze stopten hun verhalen weg in hun geheugen. Eerst zwegen ze tegen hun familie. En later toen die mannen vaders werden, zwegen ze er ook over tegen hun kinderen.'

Ik keek mijn opa aan. Ik zag zijn diepe denkrimpels die

nooit weggaan ook als opa helemaal niet nadenkt, maar gewoon een beetje zit weg te dutten. Toen zei ik: 'Maar sommige van die vaders werden opa en toen kregen ze kleinkinderen die vragen stelden. En toen moesten al die opa's wel eerlijk antwoord geven. En voor ze het wisten, vertelden ze toch over wat ze lang geleden in het land van de vijand hadden meegemaakt.'

'Ja,' zei mijn opa. 'Sommige opa's hebben geluk.'

Toen haalde mijn opa een dikke envelop tevoorschijn en zei: 'Kijk, Jori, ik heb nog iets voor je. Dit zijn alle bezittingen die ik na die twee jaar in Duitsland mee naar huis heb genomen.'

Samen spreidden we het leven van mijn opa uit op tafel: een bijbeltje, een kaart van Duitsland, foto's van de Opelfabriek, een foto van Aad van Rijn, Duitse bonkaarten, een briefje waarop stond dat Albert van Dam mocht terugkeren naar Nederland en het kentekenbewijs van een vrachtwagentje.

Opel Blitz.

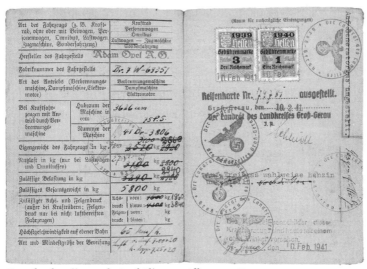

Kentekenbewijs van de Opel Blitz van Albert van Dam

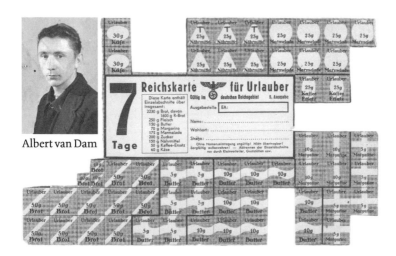

Albert van Dam

Schrijvers van de Ronde Tafel
Vergeten oorlog

Abeba, Gien-guo, Rýs, Jeffrey, Hamid, Irina, Marja, Yakoub, Zvjezdana en Lily.
Wat betekende de Tweede Wereldoorlog voor deze tien kinderen?

Lees en ontdek zelf:

- Hoe het is om afscheid te moeten nemen van je beste vriend,
  omdat hij een Duitser is.
- Of je op een dieet van slakken en een beetje rijst het misschien
  net tot het einde van de oorlog kunt redden in een jappenkamp.
- Hoe alleen je je voelt als je niet weet of je je vrienden nog kunt vertrouwen.
- Of je in een ijskoude winter in het bos kunt overleven terwijl de
  vijand overal om je heen oprukt.

In deze bundel staan tien verhalen over kinderen die de Tweede Wereldoorlog
meemaakten in hun eigen land. De verhalen spelen zich af in: Ethiopië, China,
Polen, Suriname, Irak, Rusland, de Nederlandse Antillen, Marokko, Kroatië
en Nederlands-Indië.